JN329091

去年の夏、
ぼくが
学んだこと

片岡義男

東京書籍

去年の夏、ぼくが学んだこと

1

冷蔵庫には卵とベーコンがあった。ベーコンを炒め、油を捨てたおなじフライパンで、目玉焼きを作った。小松菜の残りすべてを洗ってちぎり、これは軽く炒めた。その三種類をオレンジ色の皿に載せた。きれいだ、と僕は思った。そして食べた。一九六七年一月八日にひとりで食べる食事だ。壁の時計を見た。まだ午前中だった。

食べたあと食器を洗った。今日という平日の一日、これと言って用事はまだなかった。コーヒーか、と思ったら電話が鳴った。食事のためのテーブルの向こうの隅に寄せて小さなテーブルがあり、黒い電話機はそこに置いてあった。テーブルへ歩き、受話器を取って耳に当て、

「明けまして」

と、僕は言ってみた。

電話の相手は笑っていた。野田啓太郎さんだとすぐにわかった。

「明けてなにかがめでたいかい」

野田さんが言った。

彼は僕の仕事先のひとつである漫画週刊誌で編集長を務めていた。活版印刷される部分の活字のページに、ほぼ定期的に僕は文章を書いていた。

「十時前に間違えてお母さんとこの番号にかけてしまった」

と、気のいい人の口調で野田さんは言った。

「以前にも一度あった。お母さんはそれを覚えてくれていて、しばらく話をしたよ。お母さんの関西弁につりこまれて。だから明けまして」

「おめでとうですか」

「そうも言えるさ。去年もおなじようなことを言った気がする。僕は九州の出身で、博多と広島を経由して大阪に四年いて、そのあと東京だよ。故郷をおん出て、流れ流れて。しかしこの先はもうない。流れるのはここでおしまい」

ひとりで上機嫌に喋《しゃべ》るのはいつもの野田さんだった。電話ごしに彼の言葉を受けとめていると、快感のようなものを感じるときもあった。

「お母さんはどこの人だい」

「近江八幡です」

「なるほど」

追加の説明が必要かと僕は思った。

「生まれ育ったのが近江八幡で、大学は奈良で教授の秘書のようなアルバイトをして、京都で遊んでいたそうです。神戸でも遊び、憧れていた言葉は、大阪の南のほうです」

「それを聞いて腑に落ちた。大阪弁も京言葉も、なんとなく違うんだよ」

「東京弁も違います」

「東京言葉も喋るのかい」

「状況によっては。よせばいいのに、と子供の頃から僕は思っていました」

「僕はきみのお母さんを気に入ったよ。安心した、と言ってもいい。仕事始めだ、頼みたいこともある。会おうじゃないか。出て来ないか」

「いきます」

「喫茶店はもうあちこち開いてるだろう」

「苦いコーヒーを一杯」

「ひとまずそうしよう。どこがいいか。独特なところがいい。電車がすぐ頭の上を走って、電車のたびにすごい音がするような」

僕は店名を言ってみた。

「まさにそこだよ、そこにしよう」

落ち合う時間をきめて電話は終わった。

2

オックスフォードのボタンダウンにシェトランドのクルーネック。ウールのスラックスに黒革のチャッカー・ブーツ。そしてピーコート。一月の電車に正月の気分は希薄だった。

待ち合わせの喫茶店は電車の高架下にあり、けっして地下ではないのだが、店に入って階段を数段降りるだけで、地下の感触が濃厚に迫った。電車の音はさほどでもない。しかし揺れる。出口にいちばん近い席に野田啓太郎がひとりでいた。盛り上がっている赤いヴィニールの座席に僕は向き合ってすわり、水のグラスを持って来たウェイトレスを野田さんは見上げ、

「駆けつけたこの青年に、いつもの苦いコーヒーを」

と言った。ウェイトレスは笑って歩み去った。

「ご両親のいる実家とおなじ敷地のなかに建てた、別棟の一軒家にいまきみは住んでるんだって?」

「そうです」

「ひとりで」

「はい」

「それは都合がいい。いずれはお嫁さんと住むために建てた、とお母さんは言っていた。来るのかい、お嫁さんは」

「来ませんね」

僕のコーヒーがテーブルに届いた。それを指さした野田さんは、

「充分に苦いかい」

と、ウェイトレスに訊いた。

「お飲みになっていただければわかります」

「僕じゃないよ、彼が飲むんだ」

と野田さんに指さされた僕は、

「飲んでみます」

と言った。テーブルに置かれた受け皿とその上にあるカップを僕は見た。カップのなかにあるコーヒーの表面に、電車の走る振動で小波が立った。

「そして今日は、まずその話だけど」

「その話とは」

「お嫁さんの件」

「はあ」

「話せば長いから、その長い時間のこちら側から、まずは手短に語るよ」

「聞いてます」

「そう言ってくれると心強い。この青年は俺の話を聞いてくれてるのかな、と思うことがときどきあるから」

そう言って野田さんはコーヒーを飲んだ。コーヒーは残り少なくなっていた。電車が頭上を走った。カップのなかで野田さんのコーヒーの表面に、小波が立っているかどうか、僕には見えなかった。

「うちの会社で制作進行を担当している女性に、三村恭子さんという人がいる。僕と同郷なんだよ。おなじ町で実家はすぐ近く。うちで働いて三年になる。独身で二十五歳。いったいなぜこうなるのか、その理由がわからないと言いたいほどの、文句なしの美人。目もとが涼しい。半袖のシャツ姿を横から見てると、肩から肘《ひじ》へと落ちていく線や、肘から二の腕へとのびていく線など、すべてが完璧で、シャツの下に感じさせるたおやかな胸のふくらみに、鼻筋の通った美しい横顔を加えると、完璧をとおり越している」

「そうですか」

「昨年の十二月の初め、僕は彼女から相談を受けた。田舎へ帰ろうかと思い始めてるのです、という相談だった。田舎がどんなところか、僕はよく知っている。ここまで流れて来た理由の多くも、じつはそこにある。彼女が田舎へ帰ることだけは、させたくない。だから、きみ、彼女と見合いをしてくれ」

「仕事始めはそういう話からですか」

「彼女の姿くらいは、うちの会社で何度も見かけてるだろう。堅苦しいお見合いではなく、あらためて紹介するから夕食をともにして、そこから先は、なんの無理もなくときたまデート、という展開になってくればいい」

「見合いとは結婚のことですよね」

「流行に乗りたくはないけれど、結婚を前提にした交際、というやつさ。コーヒーは苦いかい」

「充分です」

「けっして押しつけるわけではない。きみの嫁にしてくれれば、僕は大満足だ」

返事のしようがない僕に向けて、野田さんはさらに言葉を重ねた。

「会ってくれ。つきあってくれ。きみにとっても、いいはずだ。きみは年増とつきあい過ぎる、という意見も聞いている。うまくいけばＯＫ、うまくいかなければ、それはそれでいい。しかしその場合は、きみは作家になれ」

「どうしてですか」

「きみはそういう運命だから」

「三村さんにもおなじことが言ってあるのですか」

「あるような、ないような。きみに会うことは、やぶさかではないそうだ。ここにいたって彼女が田舎へ帰ることだけは、なんとしても避けたい。こんなことに関して僕がここまで段取りをつけるのは、きみが最初だよ。新婚家庭の経済が心配なら、きみはうちの会社に入ればいい」

「三村さんは仕事をしないのですか」

「これまでどおりうちで働いてもらうのが、いちばんいい。月曜から金曜までうちで仕事をして、帰っていくのはきみの家で、そこで新婚家庭の土曜と日曜さ」

「野田さんは田舎がよほど嫌いなのですね」

「彼女に会ってくれ」

「会いますよ」

「夕食だ」

「そうですね」

「こっちできめていいかい」

「三村さんと野田さんとは、どんなつながりなのですか」

僕の質問に野田さんは次のように答えた。

「長い話をはしょって二ページにまとめる。さっきも言ったとおり、同郷のおなじ町から始まる。野田の家の右隣が君塚という家で、その向こうが漆原さんとこで、そのさらに向こうが吉田さんで、その隣が彼女の実家の三村さんちだ。彼女は幼い頃から毎日のように見かけていた。ここまでで、右側の一ページ。続いて左側の二ページ目になる」

「聞いてます」

「僕がそこから博多に出て以来、一度も彼女の顔を見ないままに、幾歳月。広島、そして大阪をへて、僕が東京へ流れついて五年目に、とある百貨店で偶然に会った。殊勝な気持ちになって実家の親父にウィスキーを贈ろうと思ってさ。百貨店の売場へいって酒を選び伝票を書いたら、接客してくれてた彼女がそれを見て、野田さんじゃありませんか、と驚くんだ。彼女があまりの美人なので僕はまったく気づかなかった。僕も驚いたよ。それ以来、休みの日に会ったりしてたら、田舎へ帰ろうかと思うんです、と言うんだよ。それだけはやめてくれ、百貨店はもういいから、うちへ来て働いてくれと頼み、社長にも頼んで入社してもらった。それから三年。文句のつけようのない働き手だし、見た目もいい。田舎にだけは帰したくない」

「僕では力不足です」

「きみより一歳だけ年下だよ」

「かないっこないですよ」

「かないっこない、という状態のまま、仲良くやってくれれば」

「会うほかないですね」

「会ってくれ。まずはお見合いの夕食だ。段取りは僕がつける」

テーブルの向こうから腰を浮かせて、野田さんは僕のコーヒー・カップのなかを見た。

「コーヒーは飲んだかい」

「なんとか」

「お代わりは？」

「充分です」

「そこでさ」

すわり直して野田さんは言った。

「さっき二ページという言葉を僕は使ったけれど、じつは二ページものをきみに頼みたい。連載で。なにかひとつテーマをきめて、そのテーマで一年、二年、好評なら三年におよんでもいい、というような。あの雑誌のあのページを開けば、あれがある、というふうな」

「週刊で」

「だからこその二ページだよ」

「はあ」

「気のない返事をするな。なにかテーマを見つけてくれ。ずっとそれでいける、ひとつのテーマ」

「文章ですよね」

「もちろんだよ。きみのあの文章で。新機軸になるかな。新たな領域。きみも二十六だろう。四捨五入すると三十だよ」

「三十歳の男性読者のために、新たな二ページを考えます」

「再来週からの掲載。来週は先月もらった記事があるから、あれを使う。しかし締切りは来週。木曜日の午後」

「わかりました」

「テーマをきめたら電話で教えてくれ。それはいい、それでいこう、と僕が心の底から言えるようなテーマを」

やがて僕たちは店を出た。電車の線路は高架の上にあり、その下は煉瓦《れんが》のアーチをつなげた空間で、ほとんどは店舗になっていた。酒あるいは食事の店、そうでなければパチンコ店だ。歩道などない道の向かい側にも、食事と酒の店が軒と壁を接してならんでいた。あらゆる種類の食べ物と酒が、ここにはあるのではないか。斜めに向かい合う焼き鳥と鰻《うなぎ》の蒲焼の店から、煙が盛大に外へと出て、一月の空に向けて立ち昇っていた。上空でその煙はひとつになり、高架の上に向けて流れていき、電車がそれをからめ取って走った。

栗きんとんを売っている角の店を曲がったところで、急ぎ足で反対側からまわりこんで来たひとりの男性と、僕たちはぶつかりそうになった。

「おう、おう、おう」

と言いつつそこに立ちどまったのは、野田さんとおなじ出版社で別の漫画雑誌の編集長をしている、大杉康夫という男性だった。僕たち三人は栗きんとんの軒下で向き合った。

「連絡しようと思ってたところだった」

大杉さんは僕を見て言った。

「仕事を頼みたい。しかし僕はこれから、やっかいな打ち合わせに、急いで出向かなくてはいけない。のちほど時間を取れる？」

「何時頃ですか」

「夕方以降なら何時でも」

そう言った大杉さんは、

「今夜は南十字星へいくから、そこで待ち合わせようか」

と、つけ加えた。南十字星は新宿にあるバーだ。

「では、そこで」

「七時にはそこへいくよ」

大杉さんは野田さんに向き直り、

「彼になにか頼んだの？」

と訊いた。

「あれやこれや」

と、野田さんは笑顔で答えた。

「では僕のところでは、それもこれも、ついでにみんな、彼に頼むことにしよう」

そう言い残して大杉さんは急いで立ち去った。

七時には南十字星へいくよ、と大杉康夫は言っていた。七時三十分に僕はその店のドアの前に立った。ドアの前に立ったとき、店のなかの尋常ではない喧騒の音を、僕はドアごしに受けとめた。ドアを開くと店は満員だった。ただ単にすべてのストゥールが埋まっているだけではなく、店内の空間に詰めこむことの出来るかぎりの客を、強引に押し込んだ混みようだった。そしてその数多い客たちは、押し込まれたのではなく、自ら進んで、満員の店内に入ったのだ。誰もが大声を張り上げ、なにごとかに熱中していた。

ドアのすぐ近くに大杉さんは立っていた。僕に気づいてなにか言った。二メートルと離れていないのに、彼の言葉は聞き取れなかった。彼はドアを示した。外へ出よう、という意味だとわかった僕は、ドアを開いて外へ出た。大杉さんも出て来た。彼は額に汗を浮かべていた。一月初めの夜の冷気が、僕と大杉さんを包んだ。

「店のなかでみんなはなにをしているのですか」

という僕の問いに、

「ビンゴ」

と、大杉さんは答えた。

「特等はカローラなんだよ」

「プラス一〇〇ccの余裕、ですか」

「それだよ、それ。しかもその特等が三本。みんな夢中になるよ」

「カローラでなにをするんですか」

「いきなり僕にからむなよ。カラーTVと冷蔵庫はすでにある。だから僕も自動車が欲しい。しかしここで打ち合わせはとうてい駄目だから、どこか別なところで落ち合い直そう」

と大杉さんは言った。

「梢《こずえ》はどうだ」

「いいですよ」

「年の初めだから、どこもみんな混んでるかな」

「先にいってます」

「ここの用事をすませたら、すぐにいく」

南十字星をあとにして、僕は梢に向けて歩いた。おそらく雪洞《ぼんぼり》のつもりだろう、内部に照明のある造形を三つ、段差をつけて吊り下げた街灯が、なぜかせまい間隔で、道の奥に向けて立っていた。電柱が何本もあり、電線が複雑さをきわめて頭上に張り渡され、鉄柱だけのアーチからは提灯がいくつも下がっていた。道の両側にならんでいる店はどれも小さく、意図的にそうしたかのように、酒の店と食事の店が交互にあった。どの店の二階からも、道に向けて四角い看板が張り出していた。

角を左に曲がるとおなじような景色が前方にあった。途中で僕は路地に入った。路地は抜け道でもあった。だからそれを抜け出たあと、さらにもう一本、路地を抜けた。少しだけ幅の広い道に出ると、正面にさらに路地の入口があった。簡単な作りのアーチがその入口に立ち、赤、青、緑の球体が下がり、どれもそのなかに明かりが灯っていた。

アーチの下に立ちどまった僕は、路地の奥に向けてつらなる酒の店の看板を、手前から順に見た。〈しのぶ〉〈今宵〉〈夕月〉と続いて四つ目に、〈梢〉という小さな看板があった。そこから奥に向けて、〈小夜〉〈五月女〉と、酒の店の看板は続いていた。突き当たりは銭湯で、その前を右へ曲がるとすぐに、〈奥座敷〉という看板がいまも見えるはずだ。

梢の常連客のひとりに、新聞社の文化部の記者だという中年の男性がいた。彼がこの路地にならぶ酒の店の看板を織りこんで、歌のようなものを作ってほかの客たちに披露した。社名の印刷されたA４の封筒から二百字詰めの原稿用紙の綴りを取り出し、一枚を切り取って裏にし、太く書ける万年筆で、その歌を僕にも書いてみせた。僕が見ると怖さを感じるほどの、達筆な字だった。

しのぶ今宵の夕月は梢にかかりて小夜ふけて五月女寝て待つ奥座敷、という歌だ。この原稿用紙を彼は上機嫌で僕にくれた。僕はそれをいまでも持っていた。

梢の店主は美和子さんという女性で、僕とおなじ年齢だ。誕生日は僕より十七日だけ早い雛《ひな》祭りの日で、ときたまそのことを彼女は客に語った。文化部の中年記者が書いたこの歌の原稿用紙を、

「私も持ってるわよ」

と、いつだったか美和子さんは言っていた。

「なにかの記念になるかと思って。記念というよりも、証拠ね。でも、馬鹿馬鹿しい。誰が寝て待ったりするもんですか」

梢の入口は曇りガラスの引き戸だった。引き戸の柱に小さな注連縄《しめなわ》が飾ってあり、両側の柱の下の踏み石には、塩がひとつかみ、盛ってあった。

店に入ると着物姿の美和子さんがひとり、カウンターのなかにいた。入って来た僕をその美貌のままに見た彼女は、

「ついに来たのね」

と言った。

「私をさらいに来てくれたのね」

右側には小上がり、左側に白木のカウンター、そして正面は二階への階段に丈の長い暖《の》簾《れん》が下がっていた。客はいなかった。

「ついさっきまで五人いたの」

ピーコートを脱いで小上がりに置き、いちばん右の低いストゥールにすわろうとした僕に、

「そこは空けといて」

と、彼女は言った。ごく単純なひと言だが、彼女が言うと甘美な命令だった。

「なぜ?」

ひとつ左のストゥールにすわって、僕は訊いた。

「理由があるのよ」

とだけ彼女は言った。

「ほかにも年始まわりがあるからと言って、さっきまでいた五人組は出ていったばかり。待ち合わせ?」

「そうです」

「誰かな」

「ウィスキーをほんの少し」

「銘柄は?」

「なんでも」

「いちばん不味《まず》いのにしましょう」

「そんなのがあるのか」

「あるわよ」

「では不味いのを」

小さなグラスの底に、そのかたわらに横たえた指一本分のウィスキーを注いで、彼女は僕に差し出した。僕はそれを受け取った。ひと口、飲んでみた。

「あ、不味い」

「銀杏《ぎんなん》を焼いてあげましょうか」

「食べたい」

どこからか取り出した銀杏を、彼女は小さなスキットルで焼き始めた。

「今日という一日、なにを食べたの？」

と、彼女は訊いた。

「ろくなものを食べてないでしょう」

「そうでもない。朝は目玉焼き」

「それと？」

「ベーコン」

「そして」

「小松菜が残ってた」

「炒めたの？」

「僕は上手だよ」

「私は銀杏を焼くのが上手よ」

焼けた銀杏を冷まし、小さな道具で殻に割れ目を入れて小皿に載せたのを、彼女はカウンターごしに差し出した。僕はそれを受け取った。

カウンターの外へ出て来た彼女は、小皿から銀杏をひと粒、指先につまみ、殻を取り去って指先につまみ直し、僕に体を寄せて左腕を僕の体にまわし、上半身を横から僕に重ね、頬を寄せた僕の唇に銀杏を触れさせ、

「食べて」

と、耳もとに囁《ささや》いた。彼女の指先から僕はその銀杏を口のなかに入れた。彼女は立ち上がった。銀杏を嚙《か》んでいる僕を見下ろし、

「今度は口移しよ」

と、笑顔で言った。

引き戸が開いた。大杉康夫が店に入って来た。

「あら、いいとこへ」

という美和子の言葉を受けとめ、後ろ手に引き戸を閉じながら、大杉さんは僕と美和子を半々に見た。コートを脱いで僕のピーコートの脇に置き、美和子に示されたままに、僕の右隣のストゥールにすわった。僕のウィスキーを見て、

「きみはウィスキーか。では僕も」

と言った。

「そしてなにかつまみを。銀杏」

「ごめんなさい、もうないのよ。今日は口開けから銀杏の人ばかりで。さっきは五人連れがみんな銀杏。胡桃《くるみ》ならあるわ」

「それを」

「アーモンド」

「半々に」

「銀杏は彼からもらうといいのよ。ただし、ひと粒だけ」

そう言いながら彼女はカウンターのなかに入った。

「なんだい、ひと粒というのは。なにかあるね」

大杉さんのウィスキーが出て来た。続いて胡桃とアーモンドも。

「チーズよりナッツのほうがいいね」

と大杉さんは言った。

銀杏の小皿に胡桃とアーモンドの小皿、そしてウィスキーを飲むふたりを、美和子は見た。彼女は今夜も着物がよく似合っていた。冷たさと優しさ、そしてもうひとつなにかが、同居した美貌だ。そのもうひとつがなになのか、僕にはまだわからなかった。

肌が磨き上げたように白い。おそらく生まれつきそうなのだろう。さまざまな年齢の男客たちを相手に、打てば響きすぎるほどの丁々発止のやりとりを、僕は何度も見た。ユーモアの感覚が深いところまで切れこんでいた。おそらくそれを、どこか危険なもの、と表現した客がいた。

なぞらえるなら懐《ふところ》に短刀ではなく、彼女なら飛び出しナイフだけど、そういった具体的な危険ではなく、物事の判断の基準に危険がある、とその人は言った。危なっかしい、という意味ではなかった。自分の体の内部にある息づかいや脈動のぜんたいを人に感じさせるのが、きわめて巧みだというのが僕の意見だ。さきほど僕の右隣にすわり、ひと粒の銀杏を僕に食べさせたときの、着物ごしに着物とともに受けとめた彼女の体、というものが僕の感覚のなかにいまも残っていた。

三つに折りたたんだ二百字詰めの原稿用紙を一枚、大杉さんは上着の内ポケットから取り出した。それを広げてカウンターに置き、

「すべて書いて来た」

と、僕に見せた。

「北原玲美。本名だそうだ。現役のダンサーだ。ステージ名はレイミのときもある。事務所に所属していて、地方だろうがどこだろうが、事務所の手配したとおりに動くのだそう

だ。その事務所に話はとおしてある。週刊の漫画雑誌に写真と記事が掲載されることに関しても、許諾は取った。いまは親類の経営する喫茶店でウェイトレスのアルバイトをしている。しばらくいると言うから、そこへいって会ってくれ。彼女にインタヴューして記事をまとめてくれ」

「いまは踊ってないのですね」

僕の質問に大杉さんは首を振った。

「俺だって彼女には会ってないし、もちろん、舞台も見てない。写真ありき、の企画なんだよ。ストリップ・ショーのダンサーたちを撮ってる写真家がいて、業界では名を知られている。その人が持ちこんだ北原さんの写真が、素晴らしい。ぜひとも掲載したい。ついてはきみにインタヴューしてもらって、記事にまとめてもらう。もらってばかりだけど。写真はグラビアで三ページ。左ページでまずどかんと見せて、見開きで数点。記事は活版のページだ。舞台を見ることができないのを、逆手《さかて》に取るといい。真紅の照明を浴びてのびやかな肢体に若さが躍動した、なんていう印象記の文章なんか、まったく必要ないよ」

「僕もおなじ意見です」

「二十五歳でストリップ場の踊り子をしている女性の、息づかいというよりも思考だな。なにを考えてるのか。それがインタヴューの語りに出て来れば。きみなら出来るだろう?」

「やってみます」

「地図まで描いた。この矢印が喫茶店だ」

「さっそく明日、いってみます」

「当人に連絡はしてある。明日もう一度、電話をしておく。いくのは何時頃になるかな。アルバイトは六時に終わるそうだ」

「五時半にいきます」

原稿用紙を三つに折りなおし、それを大杉さんは僕に差し出した。僕は受け取った。小上がりに脱いであるピーコートのポケットに入れた。

「さて。気になってた用事は終わった。腰を据えるか。そのためにもうひとり、呼んである。いつもの仲間さ。他に一軒寄ったあとにここへ来ると言うから、あらわれるまでつきあってくれ」

僕にそう言った大杉さんは、カウンターのなかにいる美和子に顔を向け、

「明けまして」

と言った。

「なにが明けたのよ」

「年さ」

「明けて、どうしたの？」

「めでたい、かな」

「ちっとも」

と、美和子は首を振った。

客がふた組、続けて入って来た。小上がりのふたつのテーブルは、彼らでいっぱいになった。そして大杉さんの友人があらわれた。僕はストゥールを立った。

「私からの年始はあげたわよね」

カウンターのなかから美和子が言った。

「銀杏ひと粒」

「あのひと粒」

「食べた？」

という彼女の問いに、僕は左手の親指で自分の胃のあたりを示しながら、ピーコートを手に取った。そして引き戸を開け、店の外に出た。引き戸を後ろ手に閉じた瞬間、閃《ひらめ》いた。野田さんから頼まれた、新たな二ページの連載のテーマが、閃いた。この場合、テーマとは、一年二年とずっとそれでいける、大きな枠組み、というほどの意味だ。

僕に閃いたのは、行きずり、というテーマだ。もとを正せば単なる行きずりとは言え、思いがけない成りゆきで親密に過ごしたひとときは、少なくとも男性のほうにとっては、忘れがたい思い出となるかもしれない、というストーリーを毎回、書けばいい。男はほぼ同一人物で、状況はいろんなふうに工夫するとして、親密に過ごすかどうかの決定権は女性のほうにある、という基本を守る。

3

野田さんが電話に出た。かけて来た人が僕だとわかると、

「これはいい電話だ」

と、いつもの朗らかな口調で言った。

「きっと僕が喜ぶ電話だ」

「二ページの連載のテーマを考えました」

「こんなに早く。昨日の今日だよ。うれしい。聞かせてくれ」

「男ひとりに女性ひとりの夢物語です」

「顔を見ながら直接聞きたい。ここまで来いよ。社の斜め前の喫茶店」

「いきます」

「これから」

電車を乗り継ぎ、駅から歩いていくあいだ、野田さんに語るべきことを僕は頭のなかで整理した。

野田さんの会社から道をへだてた斜め前に喫茶店があった。昨年の秋に改装した。それ以前の店内はがらんとした印象のある広いひとつの空間だったが、改装したあとでは、店内の空間はいくつもの部屋へと、窓のある壁によって、模擬的に区切られていた。部屋ごとに四人席が五つか六つあった。ぜんたいは落ち着いた雰囲気となった。

店に入るとすぐに、右側の窓ガラスを軽く叩く音を僕は聞いた。なかに野田さんがいた。差し向かいに椅子にすわるとウェイトレスが水を持って来た。

「コーヒーだよ。おいしいのを持って来てあげて」

という野田さんの言葉に、ウェイトレスは笑顔で立ち去った。

「さて、テーマは」

「行きずり、という枠組みです」

「お、フィクションかい」

「クールな記述でいきたいです。行きずりの男女がいて、男のほうには、この女性をなんとか出来ないものか、という願望があるだけなのですが、女性のほうに決定権があって、行きずりを良き思い出へと転換するのは、彼女なのです」

「それは、いい。女性のほうがきめるわけだ。状況に応じて、機転を利かせて、情をかけて」

「ふたりの状況は、いろんなふうに考えます」

「頼むよ。飽きないように。こんないい女、どこにもいないよな、といったんは思わせておいて、ひょっとしたらいるかもしれない、と思い直させることが出来れば。それでいこう。少なくとも一年は。半年で音《ね》を上げる、というようなことのないように」

テーブルに僕のコーヒーが届いた。

「第一回の締切りは来週の木曜日の夕方。電話をちょうだい。受け取るのはここで、あるいは、どこでも」

僕はコーヒーを飲んだ。

「よし、これで大事なことがひとつ、きまった。男が願望のままに強引に押していって、無理にもなんとかするのではなく、女性のほうが最終的には主導権を持っていて、だったらそうしましょ、と機転を利かせてくれる」

「そうです」

「そしてそこに、彼女の色気の核心があらわれる、と僕は受けとめている。きっとそのとおりだ」

「そのとおりです」

「もうひとつ大事なこと。うちの制作進行の三村恭子だけど、どこかいいレストランで、と僕は思ったのだけれど、それはうっとうしいからよしましょう、と言うんだ。いつもおふたりがいってらっしゃるところで、と提案された。正しい判断だよ、僕は賛成している、きみはどうだ」

「賛成です」

「熱燗も冷酒もいける口だそうだから、その点はなんの心配もない。僕は梢を考えた」

「いいですね」

「いつにしようか」

「いつでも」

「早いほうがいいけれど、彼女は来週だと言う」

「そうしましょう」

4

天井は低い。横幅は狭い。コンクリートの地下道だ。国電の線路の下を東から西へ、何本もくぐり抜けていく。電車の音をコンクリート越しに頭上に感じながら西へ出ると、右へ曲がりつつゆるやかな上り坂となる。両側の壁に映画のポスターが何枚も、連続して貼ってある。この近くに何軒かの映画館があるからだ。『天国と地獄』『赤い殺意』『大脱走』『アラビアのロレンス』『突然炎のごとく』などのポスターを見ながら僕はスロープを上がった。

どちらの方向にも線路に沿って路地があり、酒の店がつらなっていた。開店直前の縄簾の奥から「お座敷小唄」のレコードが聞こえて来た。路地の入口に沿ってならぶ店を見ながら先へいくと、もう一度、横丁が左右へとのびているのが見えた。食べ物と酒の店だけが、どちらの横丁でも、重なり合うかのように連続していた。「アンコ椿は恋の花」という歌と「涙を抱いた渡り鳥」が、重なって僕に届いた。

おもてへ出ると四車線の道路があり、それを右へいくと街道との交差点、そして左へいけば駅前のロータリーだった。僕は横断歩道を渡った。目の前の角には映画館があり、入口のすぐ上から三階を越える高さまで、長方形に作った垂直の壁におなじサイズの広告看板が十二枚、ならんでいた。カルケット。ミヤリサン。スバル・サンバー。平和島競艇。そして、スリにご用心、という文句を読んで僕は道を渡った。角から三軒目が喫茶店だった。

店の自動ドアを僕は入った。広い店内に煙草の匂いが立ちこめていた。どの席にも客がいるように見えた。ウェイトレスが何人もいた。客が入って来たことに気づいた二、三人が入口を振り返り、いらっしゃいませ、と自動的に言った。そのなかのひとりが北原玲美だった。

僕はいま彼女を初めて見る。この女性が彼女だと、ひと目でわかった。彼女もおなじように気づいた。きれいな軽い足の運びで客席のあいだを抜け、彼女は僕に歩み寄った。

「さきほど大杉さんから確認のお電話がありました。こちらでの仕事を私は六時に終わります」

と、明晰な声で彼女は言った。

店に入る前に僕は腕時計を見た。いまは五時四十分を過ぎた頃だ。

「外で待っています」

と僕は言った。

笑顔でうなずいた彼女は、ドアまで僕と歩き、軽く礼をしながら僕を送り出した。

「あのあたりにいます」

僕は歩道の縁の街灯を指さした。

その街灯のかたわらへ、僕は歩いた。立ちどまった僕はピーコートのポケットに両手を入れた。左のポケットには鉛筆が一本あった。それを僕は取り出した。長さが十センチほどになった3Bの鉛筆だ。

3Bの鉛筆を使って僕は原稿を自宅で書く。その鉛筆が半分ほどの長さになったら、外で持ち歩く鉛筆にする。ポケットに入れるから金属製のキャップをかぶせる。手帳にさまざまなことをメモするための鉛筆だ。手帳はいまのようにピーコートなら、左の内ポケットに入れてあった。

銀座の画材店で偶然に見つけた手帳だ。スイス製で、おそらくもっとも小さいサイズのスケッチ・ブックではないか、と店の人は言っていた。ページの紙は手帳にしてはやや厚いが、3Bの鉛筆の芯とは相性が良かった。九センチに十四センチという理想的なかたちだ。大量に買って自宅へ持って帰るとき、存分に重かった。

キャップをかぶせてポケットのなかに入れていた鉛筆は、思いのほか早くに、そこからさらに短くなっていった。持ちにくさを感じるほどになったら、金属製のホルダーを使う。短くなった鉛筆をホルダーのなかに差しこみ、締めつける部分を止まるまでまわすと、鉛筆は固定される。持ちやすく使いやすい。使わないときには、鉛筆を逆さまに差しこんでおく。こうすると、削った部分を含めて、三センチ以下になるまで使うことができる。三センチ以下になった鉛筆が、自宅の仕事机の引き出しにたくさんあった。

ピーコートのポケットから取り出した鉛筆の、キャップを僕ははずしてみた。芯は短く、先端は丸くなっていた。削ろうか、と僕は思った。ポケット・ナイフが自宅の鍵といっしょに、スラックスのポケットに入っていた。かつて神保町の喫茶店で鉛筆を削り、滓《かす》をフロアに落としていたら、美人のウェイトレスが大きな灰皿を持って来て僕に差し出し、これに削ってください、と僕を叱った。それ以来、僕は鉛筆を外で削ることにしていた。キャップをかぶせた短い鉛筆を、僕はピーコートの左ポケットに戻した。

内ポケットから僕は手帳を取り出した。あちこちページを繰りながら、走り書きしてあるメモを見た。どのメモにも日付がつけてあった。なにも書いてないページは、残り少なくなっていた。最新の書きこみから昨年の十月までたどると、そこは手帳の第一ページだった。

僕のかたわらにふと女性が立ち、

「私の名前は書いてあるの?」

と言った。北原玲美だった。

「十分だけ早くに終わらせてくださったの」

「どうしようか」

「どうすればいいの?」

「お腹が空いてるはずだ」

「そのとおりよ」

「ではなにか食べよう。食べながら話を聞こう」

「話をすればいいのね」

「いまの自分についての、いろんなこと」

「二十五歳、独身、身長と体重は見てのとおり、既往症なし、健康状態良好」

「なにを食べたい？」

という僕の問いに、

「漬物」

という返事があった。

「店には電話機があるよね」

と、僕は喫茶店を示した。

「入って左側の壁に赤電話がならんでます」

「電話して来る。待ってて」

そう言って僕は歩道を横切って店に入り、空いている赤電話で大杉さんにかけた。当人が電話に出た。

「いま北原さんと会ってます」

「踊り子さん」

「お腹が空いてるそうです」

「なにを食ってもいいよ。領収書さえもらっておいてくれれば」

「漬物だそうです。どこかいい店をご存じですか」

「漬物か」

と大杉さんは言った。

「銀座の飲み屋だけど、女将が自分で漬けた旬の漬物を出す店がある。うまいよ。そこへいったら」

「いきます」

店名と場所を大杉さんは教えてくれた。

「電話しとくよ。あとで俺もいく。漬物はみんな食っていいけれど、踊り子さんは俺にも取っといてくれ」

電話を終わって僕は喫茶店を出た。歩道の縁に立っている北原玲美の立ち姿を僕は見た。その姿のぜんたいにわたって、動かしがたく美しい風情があった。このままにしておきたい、と思いながら僕は歩み寄った。

「銀座へいこう」

「そこに漬物があるの?」

「銀座は漬物の産地だよ」

タクシーでいくことにした。おもての道へ出て見渡すと、駅の前にタクシー乗り場があった。そこへ僕たちは歩いた。

彼女が先に乗り、タクシーは走り始めた。ベンチシートに左膝を大きく上げて、上体をひねって僕に向き直り、

「ちょっと変わった肉体労働者なのよ」

と言った。

「裸に近い姿でステージに出ていって、照明が当たって音楽があって、体を使って踊ったら客の拍手があって、報酬をもらって。ね、肉体労働でしょう」

「そうだね」

「ただし、客席から私を見る客たちの視線は、どうでもいいのよ。私とは関係ないから。お客様ひとりひとり、どうぞお大事に。撫《な》でたり、さすったり」

そう言って彼女は笑った。

「ステージに出てないときは、ただの女よ。ここが問題ね」

「どんなふうに」

「肉体労働をしてない時間、と思えばそれでいい、というわけにもいかないでしょう」

「二十四時間働きづめ、ということはありえないよ」

「温泉のハワイアン・ショーから呼ばれてるの。フラではなくて、ゲストのソロ・ダンサー。気が向いたらフラに加わってくれてもいいのですって。私、団体にはなじめないのよ。さばを読まずに三十歳まで肉体労働だとして、そのあと、どうするか」

「話はそこへいくのか」

「当てはなんにもないのよ」

と言って彼女は笑った。

「大杉さんというかたは、取材とおっしゃってたわ。取材って、なに？」

「いまが取材だよ」

「私が喋ればいいの？　それをあなたが記事にするの？」

「僕が書く」

「ステージの私は踊るだけなのよ。特出しや天狗のお面の人たちは別にいるから。知りたいことがあるの？」

「締切りが早いから、きみのステージは見ることが出来ない。写真はあるそうだ」

そんなことを答えながら、地の文はクールな記述で、その間の事情などの端的な説明にあてよう、などと僕は思った。地の文のあいだに、彼女の語りが、整理された喋り言葉で、配置される。そこに浮かび上がる彼女というひとりの女性。ちょっと変わった肉体労働者、というとらえかたは面白い、語りのなかで使える、などとも僕は思った。

大杉さんの教えてくれた店は裏通りにあった。タクシーでは入っていけない。近くまでいくだけでも面倒だ。停めやすいところで停めてもらい、そこから僕たちは歩いた。

暖簾の下がった店はすでに開いていた。手軽な、と多くの人が思うはずの、何種類もの一品料理と酒の店だ。掃除や手入れの行き届いた清潔な印象は、大杉さんの好みのとおりだった。女将が僕たちをカウンターの奥の席へ案内してくれた。

「漬物を食べたいそうです」

と僕が言った。

「あら、うれしい」

鉢に山盛りで漬物が出て来た。小皿をふたつならべ、そこに醬油を少しだけ注ぎ、醬油の容器を置いた玲美は、指先に醬油をつけて舐《な》めた。天井を仰いだ彼女は、

「いい醬油だ」

と言った。

この場面のこのせりふから記事を始めよう、と僕は思った。

「日本のいろんなところへ、手配どおりにいくのよ。あちこちでおいしい醬油に出会えるのは、うれしいことなのよ」

彼女は漬物を食べ始めた。僕も食べた。

「ししゃもを焼いて湯豆腐に薩摩揚げ。たらこ茶漬けへいく前に、なにかもうひとつ、あるいはふたつ」

「そういうものを食べたいの？」

「ここだとそうなる」

「ではそうしましょう」

女将が酒の注文を聞きに来た。玲美は人肌と言い、僕もそれにした。

「私は事務所に所属してるのよ。全国いろんなところの興行先との交渉その他、すべて事務所が手配してくれて、紙に書いて渡してくれるの。移動の電車は何線のなんという駅から乗って、どこで乗り換えてどこで降りる、そこからなんというバスに乗ってどこまで、などとみんな書いてあるの。だからそのとおりに動いてると、それが人生になって十年、二十年。いろんな食べ物を好き嫌いなしにおいしく食べて丈夫な体で舞台を立派に務めましょう、なんて余白に書いてあって。ペン習字みたいなきれいな字なのよ、これが。郵便局の貯金口座に入金があるから、それを下ろして使うのね。もう残高がないけどなあ、と思いながら次の町で郵便局へいくと、ちゃんと入金してるのよ」

　彼女の話を聞いているところへ大杉さんがあらわれた。名刺を渡して北原玲美と挨拶を交わした。

「聞きしに勝る美しい踊り子さんだ」

　と大杉さんは言った。

「あの写真は本当だった。写真は嘘をつかない。その顔立ちでくっきりと派手な化粧をすると、舞台では思いっきり映えるはずだ」

　と、彼は感心していた。

　彼女の向こう側のストゥールにすわり、彼女の前から僕をのぞき込み、

「どう？」

　と訊いた。

「地の文でああだこうだと書くのはやめにして、必要最小限のクールな説明記述にします」

　と僕は言った。

「いいね」

「そして彼女が語っている部分は、そのまま彼女の魅力であるように」

「それでいこう」

「僕が書く原稿を読みますか」

と、僕は玲美に訊いてみた。

「私はみんな喋ってしまうのだから、そこから先はあなたの問題でしょう」

微笑して玲美はそう答えた。

「俺は夕飯がまだなんだよ。食っていいか」

と大杉さんが言った。

「どうぞ」

女将を呼んだ大杉さんは、慣れた様子で自分の夕食となる品を選んだ。

5

私鉄の駅の改札を僕たちは出た。冬の土曜日の午後だ。駅の前を左右に抜けていく道は、そのほぼぜんたいが商店街だ。人がたくさん歩いていた。立ちどまった三村恭子は左右を見渡した。商店街を見ていきたい、と彼女は言った。僕は十三歳からこの商店街を知っていた。

駅前から三つの方向に道があった。左と右に加えて、駅から道を渡って正面に入口のある道だ。僕たちはまず左へいってみることにした。商店のなくなるところまで僕たちは歩いた。戦前の大きくて複雑な構造の、どっしりした印象のある民家が、耳鼻咽喉科の開業医院になっていた。そこから僕たちは駅に向けて引き返した。

布団店と牛乳店が向き合って健在だった。中学生そして高校生の頃、この牛乳店でしばしば牛乳を飲んだ。当時の僕たちより少しだけ年上だったはずの女性が応対してくれていた。当時の年齢に十年を加えた彼女の姿が、店の奥に見えた。

理髪店と小料理屋が以前のままにならんでいた。その向こうが小さな駅舎の敷地だった。道の反対側にはパンの店と乾物屋があった。乾物屋は酒屋でもあり、米穀店でもあった。その隣の角に靴屋が営業していた。その向かい側には小さな書店があった。

駅の前まで戻った僕たちは、左右の角に靴屋と書店のある道を奥へと入ってみた。十三歳のときから何度とも知れず歩いた道だが、初めてここへ来る人を案内して歩くと、ずっと以前に知っていた場所へ久しぶりに戻って来るような感覚があった。

駅前から見てその正面にある道には、すでに書いたとおり、左右の角に靴屋と書店、そして豆腐店とワイシャツの店が向き合っていた。八百屋、甘納豆の店、そして歯科医院と、二、三軒ずつ民家をはさんで続いていき、道はゆるやかな下り坂となった。突き当たって右へいくとさらに下り坂で、その途中に産婦人科医院とバレエ教室がならんでいた。突き当たりを左へいくと道はおだやかな上り坂となり、上がりきってから脇道に入ると、静かな旅館が塀に囲まれていた。

僕たちはふたたび駅前へ戻った。小さな書店の前に立ちどまった。

「駅を出て、まっすぐに道を渡って、この書店に入るのはいいわね」

と、恭子が言った。

「しばしばそうしてる」

書店の隣は薬局だった。駅前でカーヴしているその道の、角ぜんたいを占めている広い店だ。薬局の前を抜けて左へと曲がると、道はゆるやかな下り坂となった。道の向こう側は線路だ。パンの店の次には、精肉店、八百屋、そして鮮魚店と、どの商店街でもその要となるはずの三軒が、ならんで盛業中だった。買い物客がたくさんいた。

道を下りきると左角は洋品店だった。その角を左に曲がると道は平坦になった。その道の左側に、金物店、蕎麦の店、寿司の店、写真材料の店、お茶の葉の店、そして和菓子店が、ならんでいた。和菓子店の前から道はふたたび下り坂となった。道の向かい側には写真館の他には民家がつらなっていた。坂道を下りきってしばらくいくと銭湯があった。

洋品店の角を左へ曲がらず右へいくと、そこには踏切があった。踏切を渡ると道の左右に商店がほどよくならんでいたが、駅前のような密度はなかった。左側に荒物店、畳店、硝子店、文具の店、中華そばの店と続き、右側には石材店、古書店、鰻の店、蕎麦の店と続き、銭湯をへて酒屋、そして歯科医院があり、コロッケやカツレツを売っている精肉店の向こう隣は、犬と猫、と大きく看板を出した獣医の開業医院だった。

踏切まで僕たちは引き返した。途中で警報機が鳴り始めた。水平になった遮断機の前に何人もの人がいた。そのうしろに僕たちも立ちどまった。

「電車の本数が増えていくから、この踏切は頻繁に閉まる」

と僕は言った。

「この商店街での買い物には、背景音としてほとんど常に、電車の音と踏切の警報機の音がある」

電車が三本通過して警報音は止まり、遮断機がゆっくりと上がっていった。踏切を渡った僕たちは、駅に向けて坂道を上がった。駅舎に向かってすぐ左に小さな売店があった。改札を入った人も買うことの出来る作りの店だった。売店の左には電話ボックスが立ち、さらにその左には、赤い円筒型の郵便ポストが、街灯の脇にあった。夜はこの街灯から閉じた売店まで照明が届き、その光景には気持ちを惹かれるものがあった。

駅前の商店街の道はゆるやかなS字で、その半分が線路と平行した坂道だった。日常の買い物のための、ほとんどの物が、この商店街のどこかにあった。

「選挙のときにはあそこに選挙事務所が出来るんだよ」

と、僕はその位置を指さした。

「立候補者は常に自民党で、いつも当選していた。事務所の前に人々が集まって万歳を繰り返し、当選者は太い筆で達磨《だるま》に目を描いて、拍手と万歳を受けていた」

「あなたの自宅はどの方向なの?」

「踏切は渡らない。残りの三つの道の、どれを歩いてもいい」

「いつも歩くのは?」

小さな書店と靴屋の間を入っていく道だった。その道を僕たちは歩いた。突き当たりを左へいき、やがて右へ、そしてすぐに左へと、一度ずつ曲がると自宅が左側にあった。大谷石を積んだ低い囲いの内側に生け垣があった。生け垣が終わると門だった。その門の前に僕たちは立った。

左右の門柱のあいだにかつてあったのは、いかめしい雰囲気のある木製の扉だった。なかがまったく見えないから、という理由で父親はその扉を取り払い、いまあるアルミ・パイプのものと取り替えた。簡素なデザインのオレンジ色に塗装されたその門は、敷地やそのなかにある建物と、思いのほか調和していた。通用口のドアから僕たちはなかに入った。

先週の金曜日の夜、僕が待つ梢に、野田さんは三村恭子を連れて来た。何度か社でお見かけしています、と彼女は言った。熱燗を注文した。僕が彼女に注ぎ、彼女が僕に注ぎ、

「僕にも注いでよ」

と野田さんが言って、僕たちは乾杯した。

「おふたりは仲良しなの？」

と、カウンターのなかから美和子が言った。おふたりとは、僕と恭子のことだ。

「これはいつものお酒ではない。祝杯だ」

と野田さんは言った。

「なんのお祝い？」

という質問に、野田さんは満足そうな笑顔でしきりにうなずいていた。楽しいひとときとなったが、美和子が恭子に対して発揮した、それまで僕が見たことのないような優しさは、解けきれない謎のように、僕の内部に残った。

次はデートだ、と野田さんは何度も言った。だから次の週、木曜日の夕方、原稿を届けにいった僕は、会社の仕事を終えて帰る恭子と駅まで歩き、話をした。僕の住んでいるところを見たい、と彼女は言った。だから土曜日の今日、恭子と外で待ち合わせ、ここまでいっしょに来た。

やや凝った飛び石が母屋の玄関へと続き、その途中から、長方形のコンクリートの飛び石が、別棟のドアまでつらなっていた。

「お母さんがお家にいらっしゃるの？」

「おそらく。あとで紹介するよ」

「私はお嫁さん候補ではないのよ。はっきりそう言ってね。私からも言います」

ドアの前に立ち、ポケットから鍵を取り出し、僕はドアを開いた。そのドアを恭子が閉じた。

「私にひとりで入らせてみて」

と彼女は言った。

「私たちが結婚してここに住んで、これまでどおり仕事をしている私が先に帰って来て、このドアを開けてひとりでなかに入る、という架空のことを体験してみたいの」

ドアを開いた彼女はなかに入り、ドアを閉じた。この家のなかは僕にとっては慣れた場所だ。だから僕は、なかに入った彼女の動きを、たやすく想像することができた。

靴を脱いで彼女はリノリウム・タイルのフロアに上がる。ストッキングだけでは感触が良くない。室内履きが必要だ。入ってすぐ右の空間にソファがあり、そこだけは居間のような雰囲気だ。入って左の一角には僕の仕事机がこちらを向いている。米軍基地が日本に返還されたときの放出品だ。扱っていた知人の古物商に勧められ、おなじ両袖の机と椅子をふたつずつ、それに金属製の本棚を三つ、僕は買った。もうひとつの机は母屋の僕の部屋にあった。

ソファにバッグを置いて彼女はあたりを見渡す。僕の机の向こうに食事のための小さな丸いテーブルがあり、さらにその奥が、壁に囲まれた小さなキチンだ。そこを眺めて彼女は奥へいく。左にはトイレットと浴室のドア、そして右へいくと二階への階段だ。

ドアが開いた。

「私が先にここへ帰っていて、少し遅れて帰って来たあなたを玄関に出迎える、という場面をさせてみて」

そう言って彼女はドアを閉じた。五つ数えてから僕はドアを開き、

「ただいま」

と、なかに向けて言った。ドアに向けて歩いて来た彼女は、

「お帰りなさい」

と言った。

「私もいま帰ったのよ。夕食のしたくはこれから」

「僕が作ってもいいよ」

「というようなことを、私たちは言うのかしら」

靴を脱いでフロアに上がった僕はソファへ歩いた。そこに脱いであったバスケット・シ

ューズを僕は履いた。階段の下の収納棚へいき、ドアを開いて僕はなかを探した。女性用のゴムのサンダルを見つけた。西ドイツの看護婦たちが病院のなかで履いているものだ、と父親が言っていた。それを彼女に履いてもらった。サイズはぴったりだった。

「履きやすい。それに、面白い間取りなのね」

「建築家の父親が実験的に建てた。外国から来て滞在している人たちのための、二軒続きのアパートの片方だけを、図面どおりにここに建てた。どこだったかな、私立大学の敷地のなかに、この間取りとおんなじ二軒続きのアパートが、何棟か建っているそうだ」

そう言いながら僕は恭子を観察した。

「よく似合う。サンダルだけではなく、きみのぜんたいが、この家によく似合っている」

彼女はソファへ歩き、その端に腰を下ろした。そして、

「私をよく見て」

と言った。

「野田さんは私のことを、文句のつけようのない美人だとか、この世のものとは思えない出来ばえだなどと言って、ひとりで楽しんでるのよ。ところが私はたいしたことないのよ。よく見て」

そう言った恭子を僕は見た。

「大変なものだよ。しかしそれよりも、ここにじつによく似合っていることが、僕には興味深い。ずっとここに住んで来た人のように見える。ここに住むことを僕は勧める」

「あなたは?」

「隣の実家の端っこに僕の部屋がふたつある。そこへ移ればいいだけだ。ここは居抜きで譲るよ」

「私たちは結婚するわけではないのよ」

「もちろん。しかし野田さんは喜ぶ」

「お母さまには、なんて言うの?」

「ここをきみに貸した、と言う。大賛成するよ」

「あなたは荷物を移さなくてはいけないわね」

「荷物と言っても、さほどではない。電話は母屋の僕の部屋へ移すから、きみは自分の電話をここにつけるといい。二階をいま僕は寝室に使ってる。見るかい」

僕たちは階段を二階へ上がった。Lの字のかたちにひとつにつながったスペースがあり、その手前の一角に僕のベッドが置いてあった。L字型の内側に抱かれたかのように、壁とドアで仕切られた小部屋がひとつだけあった。

「収納棚や衣装ダンスを置く部屋だよ。このベッドを、よければこのまま使えばいい。今夜、泊まってみたら」

「そうなるかな、とも思ったのよ」

「母親に紹介しておこう」

僕たちは一階に降りた。

「このお家は寒さを感じないわね」

「天井と壁、そして床下に、断熱材が豊富に詰め込んである。父親がこれを造った目的は、この家のすべてを日本のこれからのアパートの参考にするための、実験だったのだけれど」

僕たちは玄関へ歩いた。立ちどまった彼女は次のように言った。

「私があなたの奥さんになって家にいると仮定して、仕事にいくあなたをこのドアの前で、いってらっしゃい、と見送ってドアを閉じてロックして、さあ自分は一日なにをするのかなんて、そんな図々しいこと、とても私には出来ないわ」

その場にしゃがんだ彼女は、両手で顔を覆った。

「しなければいい」

「ほんと?」

と、彼女は僕を仰ぎ見た。

「ここに住んで、これまでどおりに仕事をすれば」

「田舎へ帰ると野田さんに言ったのは、田舎でもっとも条件のいい見合いを、けんもほろろに断れば、もう二度と話は来ないだろう、という仮定の話なのよ。それを野田さんは、私が東京での生活を引き払って田舎へ帰ろうとしている、と早合点したの。いつもにこにこなさってるのは、いい方向への早合点でご満足だからよ。ここに私が住んだら、見合いをすすめる人には、結婚の話はもうきまってます、と言ってもおかしくないわね」

「そう言っていいよ」

「遊びに来て」

「時間のあるときには僕が夕食を作る」

6

母屋の玄関のドアを開けると、沓《くつ》脱ぎの左側は小さなクロゼットになっていた。レインコート、あるいは買い物のバッグなど、主として母親の日常の物が、かなり雑然と入れてあった。右側にはドアのある靴箱が造りつけてあった。

板の間に上がると正面は浴室の壁だ。この浴室には、その右隣の洗面室から入る。洗面室は横に長く、洗面台とならんで収納の棚があり、その奥には洗濯機が置いてあった。さらにその奥にも、納戸として使っている空間があった。

玄関の正面にある浴室の壁の左隣はトイレットのドアだ。その前を左へ抜けると僕の部屋だ。おなじ広さの部屋がふたつあった。手前が僕が移って来た、机や本棚などのある仕事部屋だ。そしてドアをへだてた左側が寝室だ。

仕事部屋に入るドアは左にかたよっていた。だから入って右側に大きく壁があり、この壁を背にして両袖のスティールの机と、その椅子があった。金属製の本棚がドアの左側の壁にひとつ、そして寝室へとつながるドアの左側に、もうひとつあった。

雨の日の午後、僕は机に向かって椅子にすわっていた。七本の鉛筆を削り終えたところだ。削り滓は福引の景品で四等だった灰皿のなかだ。鉛筆を削る前に原稿をひとつ書き上げた。削り終えた七本の鉛筆を引き出しのなかに入れた。

コーヒーを淹《い》れようか、それともジャズのＬＰを聴こうか、と僕は思った。この部屋の北側の壁には窓がなかった。その壁に寄せて、スタジオ・モニターを家庭用にしたスピーカーが、左右に分かれて置いてあった。ふたつのスピーカーの間には頑丈な棚があり、真空管を使った増幅機とレコード・プレーヤーが、いちばん上の棚にならんでいた。その下の棚にはＬＰが何枚も立てかけてあった。ＬＰはふたつの金属製の本棚にも、ならんでいた。

北原玲美のことを僕は思い出した。三日前に彼女から電話があった。話し忘れたことがたくさんあるような気がすると彼女は言い、一例として館山でもらった鮑《アワビ》について語った。

「館山の劇場に出てたのよ。最終日の次の日、町の魚屋さんが鮑をくださったの。一斗缶を半分にしたようなブリキの缶に海水が入っていて、縄で手に提《さ》げられるようになってたの。缶のなかの海水の底に鮑がいるのよ。当時は小岩に住んでたから、館山から電車で小岩まで持って帰り、ちょうど夕食の時間に近所のなじみの寿司屋さんに持っていったら、店主が握りにしてみなさんにふるまって、喜ばれたの。おいしい鮑だった。鮑はひとつだと一匹と呼ぶのかしら、それとも、一個二個と数えるの？」

彼女のインタヴュー記事を原稿に書く寸前の電話だった。この鮑の話を記事の最後に、程よい締めくくりとして、僕は使った。

7

電車に乗っているだけだと気がつかないが、駅はスロープの途中にあった。横にのびた駅舎の北側がスロープの上に面していた。その北側と左右、つまり東と西に改札があり、南はすぐ背後が急傾斜だったから、南口に改札はなかった。急傾斜の下にもう一本、別の私鉄が走り、線路が川に並行していた。この私鉄の駅はスロープの下にあった。ふたつの駅は二本の階段で結ばれていた。二本の階段はどちらも途中で何度か折れ曲がり、交差もしていたから、この駅に慣れていない人にとっては、歩きにくかった。

スロープの途中にある駅舎の、北に面した改札が、この駅の中心として位置づけられているからだろう、駅のなかの表示は北口中央改札となっていた。この改札を出ると、駅の建物の外に出たも同然であり、目の前にあるのは、横に長く奥行きもかなりある、広場のようなスペースだった。タクシー乗り場が左の端にあった。スロープの上に向けて坂を上がっていく道が何本もあったから、それぞれの行く先ごとに、人々はこのスペースを縦横に横切っていた。

この私鉄の駅前をごく簡潔に記述するなら、一例としてこうもなるだろうかと思いつつ、データ原稿の入った封筒を持った僕は、駅前の長方形のスペースをスロープに向けて斜めに渡った。スロープを上がっていく階段を僕は歩いた。狭い階段だが途中に踊り場があった。踊り場は横に交差する路地の一部でもあった。

左の路地へ僕は入った。右側は石垣で、左側には小さな店の建物が軒を接していた。路地をその向こうまで見とおすとき、その光景のなかに風情のようなものが、ふと宿るときもあった。路地に入って二軒目の、二階建ての木造の建物の二階へ、僕は階段を上がっていった。建物の奥行きのぜんたいを使っているからだろう、階段は思いのほか傾斜がゆるやかで、片側の壁に手すりがつけてあった。階段を上がり始める角の壁に、ガローータという店名が片仮名と英文字で書かれた、矢印のかたちをした木製の看板が、取りつけてあった。

階段を上がりきるとそこは二階で、二階にある店はガローータだけだった。正面の壁に窓がひとつあった。この窓から駅の建物とその前にある広場の、東の端を見下ろすことが出来た。ガローータのドアを僕は押して開いた。ほどよい重さと抵抗のあるドアだった。店主の西浦賢太郎さんが、ひとりでカウンターのなかにいた。

「いらっしゃい」

と低い声で彼は言った。そして穏やかな笑顔になった。開店したばかりの時間だから客はまだいなかった。カウンターの奥が、直角に曲がっているそのすぐ内側のストゥールに、僕はすわった。

ゆっくり歩み寄って来る西浦さんを僕は観察した。体の横幅と厚みが、どちらも標準の一・五倍だ、と西浦さん自身は言っていた。一・七倍を越えている、と僕は思っていた。西浦さんは肥《ふと》っているのではなかった。体の横幅が広く、分厚いだけだ。

カウンターや棚、そして天井や壁など、すべて簡素な造りだが、細かいところまでよく考えられた造りになっていた。配慮がいきわたっている結果だろう、ガローータのなかには落ち着いた静かな時間が、常にあった。そして西浦さんは、そのなかに完璧に溶けこんでいた。

店の奥に向けてＬの字の形にのびているカウンターは、ドア側の端で途切れていて、そこがカウンターのなかと外をつなぐ出入口だった。その出入口について、俺の体の横幅に合わせた、と西浦さんは言っていた。

「今日は割ってください」

と僕は言った。

いつものウィスキーを等量の水で割るのだ。ガロータは三年前に開店した。開店して半年後に僕は常連のひとりとなった。思いがけない雑誌に掲載されていた小さな広告に、僕は反応したからだ。

ウィスキーと落ち着いた時間、そして店主の西浦さんの他にこの店にあるのは、ジャズのＬＰを再生するための、増幅機とレコード・プレーヤーにスピーカーだけだった。いまの僕から見てドアの左側の壁の前に、スタジオ・モニターのスピーカーがふたつあった。黒く塗装した金属製の頑丈な枠組みがフロアの左右に立ち、スピーカーはその枠組みにうしろから抱きかかえられているかのように見えた。そのふたつのスピーカーのあいだに棚があり、増幅機やレコード・プレーヤーが載っていた。いちばん下の棚には小さなスーツケースが開いて置いてあり、なかにはＬＰがあった。営業している日は毎日、西浦さんが自宅で選んではスーツケースに入れて持って来る、二十枚のＬＰだ。

水で一対一に割ったウィスキーの小さなグラスを、西浦さんは僕の前へ持って来た。差し出すそれを僕が受け取ると、それと引き換えるかのように、コースターを一枚、僕の手もとに置いた。カウンターの上の茶封筒を指さした西浦さんは、

「それはきみが書いた小説の原稿かい」

と言った。

僕は首を振った。

「小説はまだです」

「なぜだい。早く書けよ」

「編集者たちがデータ原稿と呼んでいるものが、この封筒のなかに入ってます。取材記者が取材して集めたさまざまな断片が、二百字詰めの原稿用紙に書いてあります。それを僕が読んで、編集者から説明された趣旨に沿って、記事にまとめるのです。四ページの記事です」

「材料としてはそこにあるだけで充分なのかい」

「銀座の喫茶店で編集者から受け取ったとき、ざっと見ました。充分です。編集者もそう

言っていました」

「取材する人と、記事にまとめる人、そして編集者」

「そうです」

「分業だね。雑誌かい」

「二年前に創刊された週刊誌です」

「ああ、あれか」

「毎週のように僕はそこの仕事もしてます」

「締切りは？」

「今週の木曜日です」

西浦さんはふたつのスピーカーの間の棚へ歩いた。しゃがんでスーツケースから一枚のLPを取り出し、ジャケットからLPを抜き出して、ターン・テーブルに両手で置いた。まんなかの穴をスピンドルに入れ、レコードの回転スイッチを押した。アームの先端のカートリッジを音溝の始まりの位置へ持っていき、レヴァーを手前に倒して針先を盤面に降ろした。増幅機の音量コントロールの丸いノブをまわした。一曲目の演奏がスピーカーから店内の空間へと解放された。

スタン・ゲッツ。チャーリー・バード。ジーン・バード。キーター・ベッツ。バディ・

デッペンシュミット。ビル・ライヘンバッハ。一九六二年に録音された『ジャズ・サンバ』という題名のLPの一曲目、「ディサフィナード」だ。

「僕にとってのテーマのような曲です」

と言った僕に、十歳年上の西浦さんはうなずいた。

ガロータという店名は、「ガロータ・デ・イパネマ」という曲からのものだ、とかつて西浦さんは説明した。そしてイパネマは奥さんの営む洋裁店の名前だという。

「カルロスやザボールも考慮に入れたんだよ。ザボもね。アントニオという名前の店はすでに東京にあるし。いろいろ考えて、ガロータに、そしてイパネマに、きめたよ」

奥さんの洋裁店はガロータのすぐ近くにあり、歩いて五分とかからないという。そしてそこからふたりの住居まで、さらに五分ほどだと西浦さんは言った。

「俺も奥さんも、電車に乗って通う仕事じゃないからね」

LPのコレクションを店に置いておくことは、とうてい出来るものではない、とも西浦さんは言った。

「再生装置は置いておくほかないけれど、LPは毎日二十枚、スーツケースに入れて持って来るよ。どんな二十枚にするか、選ぶのは前日の楽しみさ」

データ原稿の封筒には北原玲美の写真が入っていることを、僕は思い出した。封筒からその写真を取り出し、西浦さんに見せた。

「見事なもんだね」

と、西浦さんは反応した。

「そんな人がほんとにいるんだ」

「インタヴューして僕が記事にまとめたのです。この白黒のプリントは、印刷原稿として印刷所へいってたのが編集部に戻って来て、僕がもらったのです。この店の壁に貼りませんか」

僕の提案に西浦さんは思案した。そして、

「それより」

と言った。

「ここへ連れて来てくれよ」

「そうだ、そういうアイディアがありますね」

「そうさ。連れて来いよ」

という僕たちの会話に、スタン・ゲッツやチャーリー・バードたちの演奏が重なった。

「記事はうまく書けたのかい」

「言葉が明晰な人ですから、楽でした。話は面白いし」

「踊る人だよね」

「ダンサーです。仕事をしているときは、全国をめぐる旅暮らしだそうです。ただしいまは東京にいて、親族の経営する喫茶店でウェイトレスのアルバイトです」

「ぜひ連れて来てくれ」

「誘ってみます」

「うちはジャズのLPを聴かせるけど、琴のLPを聴かせる店があるんだそうだ。うちとおなじようなウィスキーの店でね。四谷だったかな。中年の男性たちが常連になるんだってよ。それに女性も。やや年増だけど。琴のLPには数に限りがあるだろうけどなあ」

スピーカーからは「ワン・ノート・サンバ」が聴こえ始めた。

「きみの評判は俺にも届いてるよ」

西浦さんが言った。

「あいつに書かせておけば面白い原稿が上がって来るから安心だし楽だよ、とここで言ってた客がいた。きっと、きみとつきあいのある編集者だろう。いい評価だとは思うよ」

「とは」

と僕は言ってみた。たったいまの西浦さんの言葉のなかにあった。

「評価とは仕事だよ。次々に。そうだろう。次々にとは、こなす端から消えていく、ということだ」

「僕はいっこうに構いませんよ」

「あとに残るのは、仕事にからんで生じた、あれやこれやだ。それは編集者といく飲み屋や、そこで出会う女性たちだったり、取材の相手だったり。さっき見せてくれた踊り子のような人だったり。誰もが、思いもしなかった領域で、日々を生きている。あいつに書かせておけば楽でいいと言って笑ってる編集者がいれば、もっと真剣な興味を示す編集者もいるんだ。若い作家を世に出したい、とここに来てはいつも言っている。これはと思う青年がいたらまず会って話をして、なんらかの判断を下す。書かせてみる、という判断なら、そのとおりにする。ほんとに書くなら、いずれ原稿は出来て来る。さて、どんな出来ばえか。気の長い過程だけど、そういうことをやる人もいるんだよ」

「いるでしょうね」

「会ってみるかい」

「いつでも会いますよ」

「ここで」

「小説の話をするのですか」

「一般的な話ではなく、きみが書く小説の話だ」

「ああでもない、こうでもない、という話になりますよ」

「それはいっこうに構わない。きみがやがて書く小説が面白ければ」

「面白いとは、どういうことですか」

「小説のための材料が自分のなかにあるのだと思うと、面白くはならないよ。小説に書く物語はすべて自分の外にある。その人とこんな内容の議論を重ねたんだよ。材料はすべて自分の外にあるんだから、無限だよ。したがって面白さもきりがない」

「僕にあるのは、なにですか」

　と僕は質問してみた。それに対して西浦さんは次のように答えた。

「書くのはきみだから、そのきみにあるのは、書きかただけだよ。書きかたとは、なぞらえるなら、これだよ」

　と、彼はスピーカーの方向を片手で示した。七曲目の「バイーア」が終わろうとしていた。僕の前を離れた西浦さんはスピーカーへ歩いた。レコード・プレーヤーの回転を止め、『ジャズ・サンバ』のLPをターン・テーブルからはずしてジャケットに入れ、スーツケースに戻した。そして次の一枚を手に取り、さきほどとまったくおなじ手順でLPをターン・テーブルに置き、回転させ、アームのカートリッジの針先を音溝に落とし、音量を上げた。彼は僕の前へ戻って来た。スピーカーから聴こえて来たのはポール・デスモンドの演奏だった。彼に加えて、ジム・ホール、ジーン・ライト、ジーン・チェリコ、そしてコニー・ケイだ。

「小説を書きたい、という気持ちはあるだろう」

と、西浦さんは言った。

「あります」

「その気持ちを、いまのきみは、どうしてるんだ」

という西浦さんの質問に、僕は次のように答えた。

「たとえば、喫茶店に入りますね。白いふたり用のテーブルに上からダウン・ライトがあたり、ベージュ色のやや分厚い受け皿に、揃いのカップが載っていて、カップにはコーヒーが満ちています。カップの向こう側に横たわるスプーンを見て、無意味に横たわるスプーンだなあ、と思ったりします。ミルクの小さな容器、そして伝票と水のグラス。椅子に僕はひとりですわっていて、そのような景色をひとりで見ているのです。やがて、憧れのような気持ちが沸き上がって来ますよ。ここにあるこれではなく、なにか別のものへの憧れです」

西浦さんはうなずいた。そして彼は言った。

「きみがそのとき憧れているのは、現実に対する非現実ではない。現実から抽出した、と言っていい、なにごとかだ。書く物語を自分のなかに求めてはいけない。物語はいつも、すべて、外にある。外とは、現実だよ。現実のどこかに、物語へのきっかけを見つければいい」

「自分もまた現実ですね」

「そのきみが、書いていく。書いていくにあたっては、それまでの自分を総動員するんだ。そしてそのときのきみとは、書く能力だよ。書くためには抽出しなければならないから、書く能力とは、抽出する能力でもある」

「現実とは、人ですか」

「おお、いいこと言うね。たとえば、さっききみが写真を見せてくれたストリップ・ショーの踊り子さん。自分とはまったく違っているだろう。あらゆる意味で彼女は他者だ。そこに物語がある。書いていくきみという、もうひとりのきみ、その人も他者だよ。だからそこには、少なくともふたりの他者がいる。ふたりの他者の関係がある。だから物語が成立する」

そう言って僕を正面から見た西浦さんは、肩ごしに右手の親指でスピーカーを示した。

「きみの書きかたとして俺が考えているのは、こういう書きかただよ」

「これは音楽です」

「音楽になぞらえると、このような書きかただ、ということさ」

「このポール・デスモンドはアルト・サックスの天才ですよ」

「それはよくわかる。俺だって、ダンス・バンドでテナーのファーストをやってた過去がある。クラリネットとアルト・サックスの持ち替えで。ダンサーの話を、こんなふうに書けばいいんだよ」

と、西浦さんはふたたび、肩ごしにスピーカーを示した。

「ダンサーひとりでは不足なら、いつでも女性を紹介するから、会ってくれ」

「話はそこへいくんですか」

「デートしてイタリー料理の店へいき、スパゲッティ・バジリコを食べる彼女の様子を観察しろ。その様子のなかに物語がある。どこをどう摘み出して、どんな物語のきっかけにするか。そしてその物語をどのように組み立て、どう書くか。もう一度言うけれど、書きかたはこれだよ」

と、背後のスピーカーから店内に広がっている音のぜんたいを、西浦さんは示した。

男のふたり連れが店に入って来た。ふたりとも三十代で、カウンターのなかほどのストゥールにすわった。

「このLPを最後まで聴いていきます」

と僕は西浦さんに言った。

「自宅にもありますから、自宅でも聴きます」

「今日はいきなりこのＬＰへいったけれど、ここへいくまでのために二枚のＬＰを用意しておいたんだ。今度また持って来るから、そのとき聴いてくれないか」

8

僕は自宅で自分の部屋にいた。両親が住んでいる母屋の端から、部屋がふたつ、突き出ている。そこが僕の居場所だ。母屋と呼ぶほど立派な建物ではないのだが、僕の場所と対比する場合には、僕の部屋ふたつ以外のぜんたいを、僕と母親は、母屋と呼んでいた。

机に向かって僕は椅子にすわっていた。四百字詰めの原稿用紙が数枚、重ねておいてあった。その上に鉛筆が一本、そしてスピーカーからはポール・デスモンドのＬＰの再生音が聴こえていた。さきほど両面を聴きとおし、いまは二度目の再生だ。「プア・バタフライ」という曲を受けとめながら、僕は北原玲美の白黒のプリントを見た。

彼女はきみにとって完璧な他者だ、と西浦賢太郎さんは言った。こうして彼女の写真を見ながらその言葉を反芻すると、西浦さんの言ったとおりだ、と思うほかなかった。この完璧な他者から、僕はいま物語を作ろうとしていた。出来るはずだ、と西浦さんは言った。

だから僕は、西浦さんのその言葉を、試そうとしていた。

港町の魚屋で鮑《アワビ》をもらったときのことについて電話して来た玲美を、僕は思い出した。あのエピソードは物語の始まりの部分として、使えるのではないか、と僕は思った。物語とは、短編小説だ。四百字詰めの原稿用紙で、五十枚ほどではないか。

鮑のエピソード、と僕は原稿用紙の左上に書いてみた。この原稿用紙に、ストリップ・ショーの踊り子の女性を主人公にした物語の、見取り図を僕は描こうとしていた。鮑。どこか漁港のある小さな町。そして夏。この町の劇場に彼女は出演していた。昨日が最終日だった。今日は午後の電車で東京へ帰る予定だ。鉛筆で、そんなことを、僕は書いていった。

駅の近くにマーケットがある。マーケットの角は魚屋だ。その前を彼女はとおりかかる。魚屋の店主が陽気に彼女を呼びとめる。

「こないだは、ありがとう。組合の宴会に出てくれて」

と店主は言う。

「あのときの踊り子さんのひとりだよね」

「そうです」

「劇場に出てた全員が来てくれて、華やかで良かったよ」

「ありがとうございます」

と彼女は答える。薄いしなやかな生地の、袖のあるようなないようなワンピースを彼女は着ている。足もとは、きれいな青い色の、細いヒールのあるサンダルだ。

劇場の踊り子たちが町の漁業組合の宴会に呼ばれた。別になにをするわけでもなかった。程よく華やいだ服装で会場の広間に入り、笑顔と愛想をふりまきながら全員が広間のあちこちへ散っていき、ほろ酔いの男性たちと冗談を言い合いながら、時には酌をしたりもする。それだけのことだ。踊る必要はないのだが、床の間の前で全員が一列になり、即興で少しだけ踊った。

「昨日が最終日でした」

「これから、どこへ」

「いったん東京へ帰ります」

「おやおや、ご苦労さん。東京の、どこ?」

「小岩です」

「電車でまっすぐだよね」

「市川で乗り換えます」

「よしきた、おみやげを持ってって」

店の奥の水槽から店主は鮑をひとつ、掌にすくい上げて来る。それを彼女に見せる。

「持てるようにしてあげるから、これを持って帰って。住んでる近くに、なじみの寿司屋があるかなあ」

「あります」

「飯どきにそこへ持ってってさあ、これを握りにしてもらうといいよ。握り以外でもいいんだよ」

と言った店主は、鮑を持った手で彼女のワンピースを示す。

「そのワンピース、よく似合うね。オトトの模様だよね」

「そうです」

「オトトの模様のワンピースの踊り子さんが鮑を持って電車に乗る」

と、店主は上機嫌だ。

彼女が着ているワンピースには、魚をごく単純に図案化したものが、小さくたくさん、ぜんたいに散っていた。

一斗缶を半分の深さにしたような缶の両側に、太い縄が持ち手としてつけてあった。缶の側面に穴を開けて縄の一端をとおし、一度だけ大きく結んで、抜けないようにしてあった。なかには十センチほどの深さに水があり、その底に鮑が沈んでいた。

「ここで捕れた鮑に、ここの海の水。こうして提げればいいんだから」

と、店主はその缶を手に提げてみせた。

「荷物は多いの？」

「小さなスーツケースひとつです」

「夏だもんな」

そのようにして彼女は鮑をもらい、魚屋の店主がやってみせたとおりに缶を手に提げて、電車に乗る。ボックスシートの足もとに鮑と海水の缶を置く。あとは電車にまかせるだけだ。やがて市川に到着する。乗り換えて小岩だ。

以上のようなことを原稿用紙に僕は走り書きした。

ストーリーはすべて自分の外にある、と西浦さんは言っていた。自信を持って彼はそう言っていた。彼の言ったことは、本当かどうか。いま僕が原稿用紙に走り書きした発端を点検するかぎり、僕の内部から出て来たものはなにもなかった。彼女が着ているワンピースが魚を図案化した模様であり、そのことに魚屋が言及する、という部分は、きみにあるのは書きかただけだ、と西浦さんが言っていた、その書きかたに相当するものなのではないか。

ストーリーはすべて自分の外にある、ということを、なぜ、西浦さんは知っているのか。

あれほどまでの自信や根拠は、どこにあるのか。訊いてみなくてはいけない、と僕は思った。

「ハイ・リリー　ハイ・ロー」がスピーカーから聴こえていた。これがきみの書きかただ、と西浦さんは言った。これとは、なになのか。二枚目の原稿用紙に、回答の言葉を僕は書いてみた。聴いている曲に対する僕の反応だった。クールさ。美しさ。軽い感触。構成の見事さ。といった言葉が、紙の上に鉛筆で書かれていった。

小岩へ戻った彼女のストーリーの続きを、僕は考えた。考えるままに、要点を原稿用紙に書きとめてみた。小岩の駅から部屋のあるアパートまで彼女は歩く。親族の奥さんが管理しているアパートだ。その奥さんの主人は、喫茶店を経営している。新築のアパートだ。彼女の部屋は二階だ。建物の外にある鉄の階段を上がり、二階のいちばん端の部屋だ。小さな部屋だが、いまの彼女にはこれで充分だと言えなくもない。

彼女は部屋に入る。しばらく留守をしていた。管理している親族の奥さんが、ときたま窓を開けてくれる。それでも部屋のなかには暑い空気がこもっている。彼女は窓を開く。扇風機を作動させる。鞄の缶は沓脱ぎの脇に置いた。スーツケースは奥の部屋の壁ぎわに置き、彼女はワンピースを脱ぐ。下着姿となる。ワンピースをハンガーにかけながら、これはクリーニングに出したほうがいいだろう、と彼女は思う。宇都宮から始まって前橋、高崎と、四十日の巡業のあいだ、移動のときにはこのワンピースを身につけたことを、彼女は思う。四日後には巡業がふたたび始まる。中央線で山梨までいき、そこの劇場からだ。

彼女は銭湯へいく。帰りに寿司屋に寄る。鮑を持って来ることを店主に告げる。六時に来てくれれば席を空けておく、と店主は言う。彼女はアパートへ帰る。流し台に郵便物が置いてあることに彼女は気づく。そのなかでいちばん大きな封筒に入っているのは、漫画週刊誌一冊だ。出版社から送られて来たものだ。彼女はページを繰る。自分の舞台写真がグラビアのページにあるのを見る。活字のページには、インタヴューされた自分の記事が掲載されている。

畳にすわって、首を振る扇風機の風を受けながら、彼女はその記事を読むともなく読む。うまくまとめてある、と彼女は思う。喋っている自分には、しっかり者の印象がある、とも彼女は思い、ひとりで微笑する。

自分が北原玲美をインタヴューしてまとめた記事を、そっくりフィクションに書き換えた上で、その全文を短編小説のなかに使う、というアイディアが僕の頭のなかを走り抜けた。

彼女がどんな人なのか、そのインタヴューを読めば、よくわかるしかけだ。鮑を持って寿司屋へいく場面は、書く必要はないのではないか。それよりも次の展開へ移ったほうがいい。

ポール・デスモンドのＬＰには七曲が収録してあった。その七曲目の再生が終わった。椅子を立った僕はレコード・プレーヤーまで歩き、カートリッジを上げてリフターに戻した。テーブルの回転を止めた。あとでもう一度聴くだろうと思い、ＬＰはそのままにして椅子に戻った。

次の展開よりも、彼女についてもっと考えておかなくてはいけない、と僕は思った。鉛筆で要点だけを横書きで走り書きした二枚の原稿用紙を眺めて、僕は考えた。

彼女とは、なになのか。いくつもの視点から、おなじことを問い直すことが出来た。たとえば、彼女はいまどのような状態にあるのか、と問い直すと、答えはどんなものになるか。現実をすべて受け入れている、という状態は静かで美しい、と僕は思う。彼女。受け入れている人。と、僕は三枚目の原稿用紙に書いてみた。

彼女という人は、現在の自分の状態を全面的に受け入れている。だから彼女の現在は、彼女が受け入れたとおりの、こうでしかないという、いまのところ唯一の、状態のなかにある。だからその限りにおいて、彼女はたいそう解放されている。自由だ。物語の新たな展開のためには、彼女の自由さに対して、一種の不自由さを登場させればいいのか。

それは自分のような人か、と僕は思った。二十代なかばを過ぎたばかりの、フリーランスのライターだ。雑誌の記事のために彼女をインタヴューしたライターだ。自分をこうしていまは他者として見ている、と僕は思った。違う言いかたをするなら、現実の自分は物語のなかに入りこんで他者となった、とでも言えるか。

物語のすべてが自分の外にあるなら、すべてを外から書く、という書きかたをすればいいはずだ。物語の展開のすべてを、外側から書いていく。人物たちのアクションも思考も、すべて起こった時間の順に書いていく。それだけで充分にクールになるはずだ。主観をさしはさまない。すべては外から書く。それをどのような言葉でどう書くなら、美しくしかも軽くなるのか。書いてみないとわからない。

物語のなかに言葉で描き出される彼女という人にとって、もっとも大事なのは、彼女らしさではないか。受け入れている現在の他に自分のありようはない、という人が持っている自由さを、なんらかのかたちで描けるなら、結果としてそれは美しくなるのではないか。

ぜんたいの構成は端正なものにしなくてはいけない。鮑のエピソードとそれに続くインタヴュー記事は、彼女というテーマの提示だ。どこか途中でリズムが倍になる、というようなことが文章で可能だろうか。物語のおしまいの部分はテーマの確認になるのだろうか、と考えた瞬間、この短い物語のおしまいの場面が、僕には閃いた。

そのとおりを僕は原稿用紙に書いてみた。夏の日の午後。どこか地方都市。その町はずれ。路線バスの停留所。彼と彼女。ダンサーとライター。バスが来る。停留所に停まる。彼だけ乗る。うしろの座席へいく。バスは発進する。うしろの窓から彼はバス停を見る。見送る彼女が手を振っている。彼も手を振る。バスは町のなかのカーヴに入る。停留所は見えなくなる。彼は座席にすわる。走るバスの車体は揺れ動く。その振動が座席をとおして彼に伝わって来る。彼はなかほどの座席へ移る。ここで物語は終わる。

バスの座席のセレナーデ、というフレーズが、いきなり、僕の頭のなかに浮かんだ。一九五七年にニューヨークで録音された、ジャズのトランペット奏者クラーク・テリーのLPの題名だ。英語の題名を僕が理解したとおりに単純な日本語に置き換えたのが、バスの座席のセレナーデ、というフレーズだ。記憶のなかのどこかにとどまっていたこれが、いま突然、頭のなかに浮かび上がった。そのフレーズも僕は原稿用紙に書いてみた。

いいではないか。これは題名になる。若いダンサーを主人公にした短編小説の、題名だ。だとしたら、物語が始まるのとほぼ同時に、バスの座席を登場させたほうがいい。漁港のある町の劇場で昨日が最終日だった彼女は、今日は午後の電車で東京へ帰る。お昼をどこで食べるといいか、彼女は宿の女将さんに訊いた。バスで十二、三分の隣町へいき、そこの食堂で海鮮丼を食べることを、女将は勧める。だから彼女は、教えられたとおり、バスで隣町へいく。バスに乗った彼女は座席にすわる。

上出来の海鮮丼に彼女は静かに満足する。昨日までは巡業先だった町へバスで帰る。駅前でバスを降りる。宿に向けて歩く。マーケットの前をとおりかかる。魚屋の店主に呼びとめられる。鮑をもらう。鮑を持って彼女は電車に乗る。小岩に着く。アパートへ帰る。鮑を置いて近くの空手道場へいく。実家では彼女の父親は道場を経営している。彼女は空手を教えられた。じつは彼女は空手の有段者だ。この道場を知ったのは父親の紹介だ。

道場が使われていないときには、彼女はここで踊りの練習をする。壁には大きく鏡があり、フロアは頑丈な板張りだ。単なる踊りのトレーニングではなく、踊りのための体の使いかたの、基本トレーニングだ。うしろ向きに走る。飛び上がって回転し美しく着地する。横っ飛びの動作をきれいにこなす。道場主が考案してくれたメニューに彼女が常に修正を加えている。すべてをひととおりこなすのに、一時間かからない。トレーニングを終えて彼女はアパートに戻る。漫画週刊誌が送られて来ている。一歳だけ年上のフリーランスのライターが、彼女をインタヴューして記事にまとめたものが、活字のページに掲載してある。彼女がその全文を読む。だからインタヴュー記事のぜんたいを、新たなフィクションとして、自分はここで書かなくてはいけない、と僕は思った。

このインタヴュー記事を彼女が読んだところで、主題である彼女の提示は充分なのではないか、と僕は思った。巡業に出ているときの彼女は、たいていの場合、トレーニングは開場前の劇場の舞台で、おこなっている。地方へ巡業に出ている彼女は、電車を降りて国鉄の駅を出るとバスに乗る。巡業先の町まで、そのバスで二十分だ。そこに向けて走るバスの座席と、そこにすわっている彼女との関係が、主題の提示されたあと、短く美しく、描かれるといい。そしてそれを描くのは自分だ、と僕は思った。

さきほど閃いた最後の場面についても、僕は考えた。地方の町のバス停留所で彼女は彼と別れる。たいした別れではない。連絡はおたがいにいつでも取れるし、彼女が東京へ戻れば、会うのは簡単だ。彼女と別れてバスに乗った彼とそのバスとの関係は、彼女とバスの座席の関係に、対比されるといい。彼女と別れてから駅に着くまでのバスのなかで、彼は座席にすわってバスによる走行を体験する。

こんなふうにバスの場面が何度かあらわれる。バスとは、移動の手段であることを超えて、とくに彼女にとっては、仕事の重要な一部分だ。巡業で過ごす日々そのものと言ってもいい。日々のなかにある自分の象徴だ。そして彼は、そのような彼女とは対立はしないまでも、対比されるものとして、登場する。こんなことが、西浦さんの言うように、ポール・デスモンドのアルト・サックス演奏のように書くことが、果して可能なのかどうか。

彼女の巡業先のひとつであるその町へ、彼はなぜ来ているのだろうか、と僕は考えた。巡業先の彼女から、東京の彼のところへ、ある日、電話があった。舞台で踊るときの伴奏音楽のひとつとして、彼女はザ・ビートルズの「オール・マイ・ラヴィング」を使っている。そのシングル盤をいまは一枚しか持っていないので、東京で何枚か買って送ってくれないか、と彼女は彼に頼む。彼女がいる町は、東京から日帰りの充分に可能なところだった。シングル盤は持っていくよ、と彼は言った。だからある夏の日、彼は東京から電車に乗り、それを降りたらバスを乗り継いで、彼女のいる町へいく。

彼女が町から町へと移動するとき、乗っていたバスがある町のなかで停留所に停まる。五分間の停車です、と運転手が言う。彼女が窓から外を見ると、道の反対側にレコード店がある。期待はできないと思いながら、彼女はバスを降りてそのレコード店に入る。ザ・ビートルズの「オール・マイ・ラヴィング」はこの店にもなかった、という短い場面を作るといい、と僕は思った。

彼は東京からザ・ビートルズのシングル盤を持って来る。彼女の宿を訪ねると、彼女は夏風邪で寝ている。治りきってはいないから、二階の部屋で寝ている。宿の女性が取り次いでくれる。お会いできるそうです、と彼は二階の部屋へ案内される。枕もとに彼はすわる。おなじシングル盤を六枚、鞄から取り出して枕もとに置く。

宿の女性が彼に麦茶を持って来る。「お粥を食べてひと眠りしなさい」と、宿の女性は彼女に言う。「ひと眠りして汗をかいたら、体がすっきりと軽くなるから。まだ嫌な重さが残ってるでしょう」などと宿の女性は言う。だから彼はすぐに帰ることにする。見送る、と彼女は言う。宿のすぐ近くにバスの停留所がある。バスの時間に合わせて、ふたりは宿の二階から降りていく。ここから最後の場面へとつながっていく。

彼女は彼にとって完璧な他者だ。おなじことが彼にも言える。彼は彼女から見ると、自分とはなにからなにまで異なる存在だ。物語の展開がほぼ終わったあと、主題としての彼女をふたたび提示するにあたっての、彼と対比される彼女の輪郭を、そしてその内部にあるものすべてを、よりいっそう際立たせる人が、彼という人だろう。

彼女と別れて、彼はひとりバスに揺られて駅へと向かう。走るバスとその窓から見る外の景色。うしろの座席は揺れすぎるので、彼はなかほどの座席に移っている。その彼が受けとめる座席の感触が、彼女の自由さに対する、ごく軽度ではあるけれど、彼の不自由さであるような描写が、出来るものだろうか。

書いてみるほかない、と僕は思った。始まりと終わりは、ほとんど出来た。なかほども少しだけある。僕は椅子を立って窓へ歩いた。見るともなく庭を見て、北原玲美が言ったことを思い出した。踊り子になってまだ日の浅い頃、「真珠の首飾り」と「アメリカン・パトロール」で踊っていた、と彼女は言った。「フィーヴァー」という歌のシングル盤も、一年、二年と巡業に持って歩いた、とも彼女は言った。

短編小説のなかの彼女という女性は、姿かたちが良いとか、立ち居振る舞いが美しいといった外面をへて、もの静かな充足感を通過して彼女の内面に入ると、人を安堵させるものがそこにはあり、それによって彼女は人に好かれたり信頼されたりする、というようなことを、直接の言及によってではなく、物語が進展していく様子のなかに、浮かび上がるようにしないといけない。

始まった物語が終わりに向けてどのように進展するのか、それをこれから考えなくてはいけない、と僕は思った。窓から椅子に戻り、座り直した僕は、三枚の原稿用紙に思いつくままに個条書きした言葉を、ひとつずつ観察した。

9

橋は短い。つまり川幅が狭い。煉瓦のゆるやかなアーチ、そして凝った造りの欄干《らんかん》は、横から見るといい橋だ。その橋を南から渡りきったすぐ右側に、川沿いのデッキへ降りる階段が数段だけあった。そこを降りると、川に沿って川下の次の橋まで、遊歩道のデッキが続いていた。長方形のタイル敷きだ。橋に近いところのデッキは幅が狭いが、橋から十メートルほど離れると、デッキの幅は広がった。タイル張りの部分はそのままに続いていき、広がったところはすべて板張りだ。手すりも頑丈な木製へと変わった。

程よい間隔で木製のベンチが置いてあった。このベンチも無骨な太い造りだ。背もたれはなかった。対岸はコンクリートの護岸が連続する風景だ。護岸の縁に沿って金属製の柵があり、そのすぐ奥には軒を接して民家がならんでいた。

落ち合う場所としてここを指定したのは川端美和子だ。いま彼女と僕は木製のベンチにすわっていた。陽が射していた。風はなかった。気圧によっては川の臭いがしただろう。いまは気にならなかった。

「ここは知らなかったでしょう」

美和子が言った。

「初めてだ」

「私は気に入ってるのよ」

「僕も好きだ」

「デッキの板張りの部分は、英語だとボードウォークと言うんですってね。歩くと気分がいいの。ボードウォークを端から端まで歩いて、引き返して折り返して、また引き返して。三往復もすれば頭はすっきりして、考えごともまとまるのよ」

「僕もそうしよう」

「いっしょに歩いてあげる」

「ひとりのほうがいいかな」

「そうね。私もいつだってひとりだから」

そう言って美和子は立ち上がり、手すりまで歩いた。手すりに片手を軽くかけた。そして次のように言った。

「ボードウォークを歩いて来て、ふと立ちどまり、手すりに片手をかけ、ハイヒールのストッキングの脛《すね》が輝いて、スカーフが風になびいて、つけた煙草の煙がその風を追いかけると、さまになるのかなあ、などと思うのよ」

「似合うよ。やってごらん」

「ハイヒールやスカーフまではいいのよ」

片足を上げた美和子は腰をよじり、履いているハイヒールの踵《かかと》を僕に見せた。そして僕のかたわらへ戻り、ベンチにすわりなおした。

「だけど煙草は嫌。煙は臭いし灰は散るし。煙草の火の不始末なんてあるでしょう、最悪よ」

四年前の冬、梢の三軒隣の店が夜中に火事を出したことについて、美和子は次のように語った。

「寒いもんだから布団にくるまって夜中の寝煙草。どうせ酔ってるから、灰皿じゃないところに火のついた煙草を置いてそのまま眠って、くすぶってたのが燃え上がり、天井まで燃え始まってやっと目が覚めたんですって。消防車が来るのは早かったわね。避難してくださいと叫んでまわるから、寝巻に毛布を巻きつけて、ちょっと離れたところから見てたのよ。私の店は絶対に延焼すると思ったけど、火元の店の二階が下へ焼け落ちただけですんだの。すんだとは言っても、明くる日に見たら、ほんとに水びたしで、いっさいどうにもならなかったみたい」

ひとしきり語ったあと、

「もう梅が咲いたのよ」

と、美和子は言った。

「恭子ちゃんは、ときどき来るわよ。ひとりで、さっそうと。いい女性ね。いままで会ったなかで、彼女がいちばんかもしれない。あんな人がうちの常連になるのは、うれしいことなのよ。野田さんのおかげ、それとも、あなたのおかげ？」

「野田さんのおかげ」

「梢では若い女が早い時間からひとりで飲んでいる、とさっそく評判なのよ。お客の男性の皆さんは、そういう話が大好きだから。あなたのとこのお家を借りたのですって？」

「別棟に彼女がひとりで住んでる」

「あなたのお母さんはたいへん気さくな関西弁の人で、私はお嫁さん候補ではありません、とお母さんに最初に言ったら、そら賢いわあ、あんなん婿《むこ》にするの阿呆やで、やめときやめとき、と本気で言われたと言って、恭子ちゃんは笑ってた」

「今日はいい天気だ」

「いまの私たち、恋人どうしのように見える？」

「見えるだろう」

「寄り添ってすわるといいのよ」

顔を寄せてそう言った美和子は、いつもとおなじ美しい人だった。その化粧した顔を至近距離に見た僕は、

「無理をしてるのかなあ、とふと思う」

と言った。

「私が？」

「そう」

「あなたに対して？」

「なにに対しても」

「人生のこと？」

「そう言ってもいい」

「いよいよ顔に出て来たのか」

と、美和子は朗らかに言った。

「まだ出てない」

「いまそう言ったでしょう」

「顔に出てる、とは言ってない」

「どこに出てるの？」

「ふとした雰囲気に」

「私は十八からいまの商売よ。若い美人女将とおだてられて、気がついたら二十五歳の大年増よ。今年の桜が散る頃には二十六なんだから。しっかりやっていかなくては、と思ってやって来たけれど、あのお店のあとを継ぎたい、と言ってくれる人もあらわれてるのよ。そうしてもいいかな、とも思うの」

「僕は賛成する」

「母は京都にいて、なんとかやってるわ。いまの私は、自分で自分だけを支えればいいの。あなたとおなじ？」

「おなじだよ。しかしあの店の客は、きみについてる客ばかりだろう」

という僕の言葉に、

「うぬぼれないことよ」

と、美和子は言った。

「やるべきことをまともにやってれば、誰にでも客はつくわ。客商売と言っても、いろいろだから。あの店は、おなじみさんにとっての、あの店、という客商売。中年男性の常連が、ふた言目には私に言うのよ。きみは恋をしてるかい、って。冗談じゃないよ。恋なんて自分のほうからの勝手な思いだけでしょう」

「そのとおりだ、と僕も思う」

「お店を引き継いでくださる人がいたとして、私はあの店から解放されるけれど、その先がなんにもないのよ。誰かのお嫁さんになればいい、というものでもないでしょう」

「そのとおりだ」

「丸の内にある誰でも知ってる会社の秘書課に就職した、おなじ高校を卒業した同級生が友だちにいるのよ。出社した初日から、縁談が頭の上から降って来たのですって。払いのけながら一年我慢して、お母さんに相談したの。お父さんは戦争で南方へいったきり行方不明で、母ひとり娘ひとりなのよ。お母さんはなんて言ったと思う。あなたがいい結婚をしてくれるのが、私にとってはなによりの幸せと安心よ、と言ったの。母親にそう言われたら逃げ道はないのよ。社内結婚して三年たって、子供が出来ないという理由で離婚。どう？」

「僕の高校でも、三年生のときの同級の女性たちは、全員が就職したよ。いま頃どうしてるのか」

「常連のお客さんで区役所の人がいるの。その人が私に言うのよ。真面目な髪に真面目な化粧で真面目な服を着て、履歴書を持って面接に来てくれたら、いつでも職員にしてやると言うの。区役所は建て替えられて近代的なビルになる、とその人は言ってたわ」

美和子は笑った。

「近代的なビルって、なに？　タイトなスカートでスーツにハイヒール履いて、書類ファイルを胸に抱いて、靴音も凜々しく近代的なビルの廊下を歩けばいいの？　定年まで？」

笑いながら美和子は僕に体を寄せた。ふたりの体の側面があちこちで接し合い、そこを通して、僕は彼女の身体を感じた。

「ねえ、どうしよう」

きわめて甘く、美和子はそう言った。

「どうにもならない？」

「またここで会おう」

「まあなんとか合格の台詞よ。今日はどのくらい暇なの？」

「このくらい」

と、僕は両腕を大きく広げた。

「買い物につきあって。百貨店めぐり」

「OK」

「そのあとは？」

「なにも予定はない」

「おでん屋へ連れていきたい」

「おでんを食べたい」

「ほんと？」

「ほんと」

「ほんとなのかな、と思うときがあるのよ」

「いまは、ほんとだよ。おでん屋で、まず銀杏だ」

「口移ししてあげる」

「それから」

「それから？」

「馬鈴薯」

「いいわね」

「大根」

「そのとおりよ」

「人参」

「どうぞ」

「薩摩揚げ」

「それから?」

「そうだ、玉子だ」

「半分っこしましょう」

おでんの玉子を半分こ。短編小説の題名ではないか、と思った僕は笑顔になった。そこに美和子は顔を寄せた。化粧の匂いといっしょに、彼女の囁きを僕は耳もとで受けとめた。

「笑ってる理由を教えて」

10

アルゼンチン・タンゴだ。オズヴァルド・プグリエーセ。ファン・ダリエンソ。ヨーロッパのものではない。僕にわかるのはそこまでだ。店の奥にあるスピーカーから、その再生音は聴こえていた。営業しているあいだは間断なく、この店ではアルゼンチン・タンゴのLPが再生されていた。

店に入って右側の、なんとなく別室のような空間で、木製の椅子にすわり木製のテーブルに向かって、僕は自分の手帳のページを繰っていた。すでに自分によって書きこまれた言葉を読み返し、白無地のページに鉛筆で新たな書きこみをしていた。あるいは、手帳を伏せて冷えたコーヒーをかたわらに、考えごとをして一時間ほどを僕は過ごした。

途中で雨が降って来た。雨の音に続いて雨の匂いを僕は受けとめた。鉛筆の芯は短く丸くなっていた。手帳をウールのジャケットの内ポケットに、そして鉛筆を右のパッチ・ポケットに、それぞれ僕は入れた。このジャケットの右側のパッチ・ポケットになにげなく手を入れると、そのたびに、鉛筆が指先に触れた。

伝票を持って席を立ち、支払いをして僕は店を出た。小さなドアの頭上に小さな軒が四角く、煉瓦の壁から突き出ていた。その下に立って僕は雨を眺めた。木製のドアはそのぜんたいがいくつにも仕切られていて、そのどれにもガラスがはめてあった。ドアの両側は店の横幅いっぱいに、煉瓦造りの壁だ。ドアにも壁にも、そこで経過した時間の蓄積が、存分にあった。

店の前の路地を僕は斜めに歩いた。雨滴が僕を叩いた。七歩で、向かい側にある喫茶店の、おなじような造りのドアの前に、立つことができた。そして軒下に立ち、たったいままで僕がいた、向かい側の喫茶店のドアを見た。

すぐ背後にあるドアが開いた。スーツにネクタイの中年の男性がひとり、ドアから外へ出て来た。

「なんだ、雨か」

と彼は言い、ドアのかたわらへ移動した僕を見た。彼のその視線を、少なくとも僕を見知ってはいる人の視線だ、と僕は感じた。

「雨宿りですか」

と、その男性は言った。

「さきほどまであの喫茶店にいたのです」

そう言って僕は向かい側の喫茶店を示した。

「そしてたったいまここへ出て来て、この喫茶店に入ろうとしていたのです」

「おひとりで？」

「そうです」

「それはちょうどいい。もしお邪魔でなければ、私もまた入りますから、ちょっとだけでも話を」

僕が知らないこの人は、僕のことを知っているようだ、と僕は思った。

「申し遅れましたが、私は遠山といいまして、ガロータの常連です。帰宅の道筋の途中なもので、つい先日も寄りまして、ジャズのLPを聴いては、西浦さんといろんな話をしました。そのときの話題に、じつは登場していまして」

と、彼は僕を示した。

「僕がですか」

「そうです」

笑顔でうなずいた彼は、

「入りましょう」

と、ドアを引いた。

路地に対して斜めになっているドアは、人がひとり通れる横幅だった。彼が先に入り、僕が続いた。入るとすぐ左側の窓ぎわに、ふたり用の席があった。席は空いていた。

「こちらは定席でしょう」

遠山という男性は笑顔で僕に訊いた。この席でも僕はしばしば手帳を相手に時間を過ごしていた。その席で僕たちは差し向かいとなった。

「この席は静かでいいですね」

彼は名刺を僕に差し出し、僕はそれを受け取った。僕も名刺を渡した。名前と住所、それに電話番号だけを、大きな活字で印刷した名刺だ。

「ご覧のとおり、私の勤務先は出版社でして、いまの私は現場ではないのですが、つい先頃までは現役の編集者でした。お書きになっている文章の評判は、西浦さんからもうかがっています。端的に申し上げて、新しい書き手を探しています。小説の書き手です」

ウェイトレスが水のグラスを持って来た。僕たちはコーヒーを注文した。

「いま一九六七年です。あとせいぜい二年で、一九六〇年代という時代は終わります。それから一年後の一九七〇年には、次の時代がとっくに始まっています。そのとき二十九歳ですよね。そのときのご自分を作家にしておきませんか」

なにか言わなくては、と僕は返答を考えた。彼は話を続けた。

「若いすぐれた編集者がいますので、彼をつけます。若いとは言っても彼は三十六歳ですから、あなたより十歳年上になりますね。ちょうどいいでしょう。紹介させてください。近日、ガロータで、というのはいかがですか」

「ガロータなら、僕もしばしば寄ります。いつでも」

遠山さんはひとりうなずいた。

「いま、おひとりですよね」

「独身です」

「やがて結婚なさると仮定して、小説を書くためには、あるいは少なくとも、書き始めるためには、当人はひとりにならなくてはいけません。具体的に現実の問題としてひとり、という意味ではなく、内面においてひとり、ということです。誰かがいっしょにいれば、より良くひとりになれるのです。その誰かとは、結婚相手、つまり奥さんのことです。当人は小説を書きます。すべてうまくいったとして、当人は作家になります。平凡な言いかたですけれど、社会的な階段を何段も上昇します。奥さんも同時に引き上げられます。というような話は、まるで小説だと言われそうですけれど、私は担当編集者として、いくつもの実例を体験しています」

「僕は結婚しないつもりです」

「そうですか」

「しかも、いまのようなお話をいったん聞いてしまったなら、結婚はなおさらできません。僕ひとりで、おっしゃったとおり、より良くひとりになります。小説は書きます」

「その言や良し、としましょう」

コーヒーがテーブルに届いた。遠山さんはひと口だけコーヒーを飲んだ。そしてカップ

を受け皿に置き、

「では、ガロータで」

と言った。上着の内ポケットから手帳を取り出し、ページを繰り、

「日をきめましょう」

と言った。

「十七日は」

「結構です」

「七時前後に」

「ガロータでお待ちします」

細いボールペンを取り出した遠山さんは手帳になにごとかを記入した。そして手帳とボールペンを内ポケットに戻した。

「お会い出来てよかった」

と彼は言い、コーヒーを飲んだ。そのコーヒーが半分ほどになったところで、僕は無性に腹が立って来た。遠山という人に対してではなく、彼の言った言葉やその言いかたなどに対してでもなく。しかし彼は言葉で語ったのだから、語ったことのどこか奥のほうにあるはずのなにごとかに対して、僕は怒った。どこか奥のほうにあるはずのなにごとか、と

はいったいなになのか。

遠山さんはコーヒーを飲み終えた。

「それでは。おひとりの時間のお邪魔になってはいけないから」

そう言って彼は立ち上がり、伝票を持ってカウンターのなかほどへ歩いた。そこで支払いをし、引き返して僕の前を歩き、軽く礼をしてドアを押し開いた。なかば外へ出て僕を笑顔で振り返り、

「雨はやんでいます」

と言った。そしてドアを閉じた。

遠山さんという人が語ったことは、僕を怒らせるためのものではなかった、と僕は頭のなかで自分に言った。

いまはまだはっきりしていないなんらかの理由によって、僕が勝手に怒っているだけだ、と僕は自分に言い聞かせた。

僕はジャケットのポケットから鉛筆を取り出した。そしてそれを眺めた。キャップをはずしたりつけたりした。手帳を取り出した僕は白いページを開き、社会的な階段、と書いた。その文字をしばらく眺めたあと、何段も上昇する、とその下に書いた。そして、奥さんとともに、というひと言を加えた。そして手帳を閉じた。

冷えていくコーヒーを僕は少しずつ飲んだ。飲むほどに、寂しい気持ちが、どこからか、僕のなかに広がっていった。椅子を立った僕はカウンターの端にある赤電話まで歩いた。野田さんに電話をかけた。野田さんは編集部にいた。僕は彼をガロータに誘った。野田さんは応じてくれた。落ち合う時間をきめて、電話は終わった。

約束の時間より早くに僕はガロータに入った。いつものガロータだった。カウンターが直角に折れ曲がった奥に、野田さんはひとりでいた。カウンターの手前に何人か客がいた。そのうちのひとりは女性だった。ガロータに女性の客がいるのは珍しいことだ。テディ・ウィルスンのピアノがスピーカーから再生されていた。僕は野田さんの右隣のストゥールにすわった。

「ウールのジャケットの下にはスゥエット・シャツ、そしてジーンズ。それはリーヴァイスというやつかい」

「リーです」

「僕もおなじものを買いたいと思ったら、店へ言ってリーをくださいと言えばいいのかい」

「リーの101です」

「きれいな靴だね」

僕が履いていた黒革のジョドーファを野田さんは見下ろした。

「一日じゅう外を歩いたあとには、ぜんたいにうっすらと土埃《つちぼこり》がついてます」

「ズボンの裾にも土がつくし。雨の日はとくに。裾が折り返してあるズボンだと、折り返しのなかに土が入っている」

野田さんはさらに語った。

「今日のように二時間ほど雨が降っただけで、道のあちこちに水たまりが出来る。雨がたまって水たまりになるとは、そこが窪んでいるということだ。穴ぼこだね。穴ぼこがたくさんある道を、悪路と呼ぶんだ。東京はまだ悪路の都さ。水たまりの都だ」

「そしてそれらの水たまりのなかには、投げ捨てられた煙草の吸殻がたくさんあります」

「よく見ればフィルターつきが多いだろう」

小さなグラスにストレートで、西浦さんはウィスキーを僕の手もとに置いてくれた。

「水？」

「ください」

野田さんの手もとにもウィスキーの小さなグラスがあった。野田さんは言った。

「ジャルパックのハワイ九日間が三十七万八千円なんて言ってるけど、東京の空を仰げばスモッグ警報だし、夢の島という呼び名の塵捨て場では、蠅が大量に発生していると言うじゃないか。そして若い女性のスカートはめでたく膝上十センチになった。もっと短くなるよ」

野田さんは笑いながらそう言い、小さなグラスを持ち上げ、口もとへ運んだ。僕もウィスキーを舐めた。

「酒は好きかい」

「じつは必要ないのです」

という僕の返答に、野田さんは深くうなずいた。

「それがいちばんだ」

野田さんは笑顔で続けた。

「三村恭子くんとのいきさつに関しては、僕は大いに満足している。彼女から話は聞いている。裏も取れている。三村くんも僕とおなじほどに、田舎が嫌いなのだとわかった。あとはきみにまかせる。さて、本題だ」

野田さんは笑顔を僕に向けた。

「電話をくれたとき、これはおかしい、と僕は直感した。きみから僕をここへ誘うなんて。きみはなにかに怒っていた。口調に出ていた。腹立ちまぎれに、みんな喋ったらどうだ。下手な刑事なら、ここで、吐け、と言うよ」

野田さんは笑った。

「きみにはまだ言ってない。他からも聞いてないはずだ。だからきみは知らないけれど、じつは僕はかつて刑事だった」

「本当ですか」

「本当だよ。博多ではぱっとしなかったけれど、山陽地方では、ニコニコデカと呼ばれて、泣く子も黙ったよ」

「僕も黙りましょうか」

「うちの大杉康夫もそうなんだ。県警は違ったけれど、おなじホシを追ったこともあった。もと刑事が編集部員で入って来る、という話は聞いていたけれど、新入社員です、お久しぶりです、とあいつに挨拶されたときには、驚いた」

腹を立てた状況を僕は手短に語った。遠山さんが言ったことを、可能なかぎり正確に、野田さんに復唱した。手帳を取り出してページを開き、鉛筆で書いた言葉も見せた。

「だいたい絵は見えて来た。社会的な階段とか、何段もそれを上がるとかは、誰にでもあるこちら側の現実の話さ。誰にでもあるんだから、そんなふうにとらえる人は、たくさんいるよ。しかし、きみがこれから書くはずの小説は、向こう側の現実だからね。それはきみひとりのものだ。腹を立てるほどのことではない。ことのついでとして、きみ自身が体験したこちら側の現実について、聞かせてくれ。こちら側の現実で最たるものは女性だから、女性が深く関係したエピソードをなにかひとつ、聞かせてくれ」

とっさに思いついたことを僕は語った。いま僕が住んでいる自宅は高台の住宅地にあり、そこから坂を降りたところのバス通りは、多少の商店街だった。そのなかに美容院があり、僕の母親はそこに通っていた。いまでもそうだ。男性の髪も切るし、男性客も来るのだと母親は言い、あんたもそこで髪を切ってもらいなさいと熱心に勧め、予約を取ってくれた。僕は大学生だった。だから僕はそこへいき、母親の担当だという三津子さんという姿のいい美人に、髪を切ってもらった。切ってもらっていた途中で、これは母親がごく軽く画策した見合いなのだ、と閃いた。

状況のぜんたいをなんとか自分の手に取り戻したいと思った僕は、休みの日に外で会いませんかと彼女を誘い、彼女は承諾してくれた。電話番号を紙に書いて渡しておいたら、休みの日の前日に電話があって、明日の午後遅く渋谷で会いましょう、と彼女は提案した。だからそのとおりにした。

喫茶店で落ち合って話をして、買い物があると言うのでつきあい、お昼が軽かったのでお腹が空いたと彼女は言い、寿司が食べたいと言った彼女と、早い時間に寿司屋に入り、ふたりで食べた。思いのほか話は合った。食べ終わって店を出て、なにをするでもなく歩き、恋文横町の隣の路地で喫茶店に入りコーヒーを飲んだ。

喫茶店を出て、駅まで歩くよりは円山町を抜けて神泉駅から井の頭線に乗ったほうがいいと思い、喫茶店のすぐ脇の階段を上がっていった。階段を上がったところは円山町で、神泉の駅へいくには、そこを横切らなくてはいけなかった。歩いていくと男女ふたり連れが何組も、街灯の少なくて暗い路地を、ぴったり寄り添って腕を組み、どこへ向かうのかと思う間もなく、旅館やホテルの入口へと、吸いこまれるかのように姿を消していた。「私たちも入りましょうよ」と彼女が言い、僕と腕を組んだ。目の前に看板のあった旅荘に僕たちは入った。

「それ以来、仲のいい友だちになりました。彼女の休みの日には渋谷で会って買い物や食事をし、そのあと円山町です。二年続きました。じつに良かったですよ。結婚は前提にしていなかったのです。このことはふたりとも了解ずみで、恋愛あるいはそれの延長としての結婚がまったくないのですから、うっとうしくなくて、彼女もそう言ってました。美容院のすぐ近くにあったアパートの二階の部屋にひとり暮らしでした。部屋に来ることだけはやめて、と言われてましたし、彼女がこっそり僕の部屋に来る、ということもありませんでした。そのかわり、僕の家にはよく遊びに来てました。母親とふたりで料理をして、みんなでいっしょに食べたり。勤める美容院が千葉の船橋になってからは、二、三度会っただけになりました。以上のようなエピソードを、ニコニコデカはどのように読み解きますか」

僕の言葉を野田さんは受けとめた。そして次のように言った。

「ごくすんなりとしたエピソードで、それなりに興味深いよ。彼女はきみのことを好きだったのだと思う。デートの初日から円山町というのは、最初から自分が上手を取るためだよ。これがあったからこそ、仲のいい友だちどうしになれた。彼女は実験をしたんだ。もし自分がこの人と結婚したらどんなことになるのか、という実験さ。模擬的な体験と言ってもいい。きみとの相性を探ったり。きみのお母さんが息子の領域にどんなふうに介入して来るのか。こうした僕の見解から推理をさらに展開していくと、いまの彼女は独身だよ」

「会わなくなってから二年以上になりますけど、年賀状は届いています。僕は返信を出しています。彼女はおそらく独身です。このエピソードは小説になりますか」

僕の質問に野田さんは次のように答えた。

「きみも彼女も、こちら側の現実だからなあ。このままでは、難しい。ひと捻《ひね》りしないと」

「どう捻るのですか」

「そこにきみは存在を賭ける」

「わかりやすく言ってください」

「物語は終わらなくてはいけない。二人にはその先があるとしても、物語は、これしかない、と誰もが思うような着地点に、到達させなくてはいけない。そのためには、こちら側から向こう側へ、いかなくてはならない。そこを考えてくれ。考えれば、道はかならず開ける。『行きずり』のシリーズにはたいそう満足してるよ。きみに依頼してよかった。しかし、きみの才能を浪費させてはいないか、それが心配だ」

「浪費に気づいたら、そう言います」

うなずいた野田さんは、僕たちの近くへ来た西浦さんを呼びとめた。

「ここへ来るとジャズで心が洗われるよ。前へ前へと進んでいくようなジャズを、今夜はぜひ聴かせてよ」

11

父親が京都の大学で教えることになった。四月の新学期からだという。以前から進行していた話が急にまとまった、とだけ父親は説明した。退任後も京都で生活するという。住む家はすでに見つけてある、とも彼は言った。

母親は喜んだ。週末は故郷の近江八幡で過ごすのだと言い、家が何軒かあるからそのうちの一軒を別宅にする、と彼女は高揚していた。ふたりとも元気に引っ越しの準備をした。準備はそのまま荷物の送り出しであり、父親の部下らしい男性たちが何人か手伝いに来て、すべては速やかに進行し、ある日、あっけなく終わった。

これから東京駅で新幹線に乗ると言って両親は自宅を出ていき、それが彼らの引っ越しの仕上げとなった。家のなかががらんとする様子を僕は想像していた。そのとおりになったところと、なんら変わってはいないところが、共存していた。それを僕は観察してまわった。そして到達した結論は、ここに自分ひとりが住むのは正しくない、ということだった。

自分は別棟の二階建てアパートに戻るべきだ、と僕は思った。あの外国ふうの間取りを好いている自分を、僕は確認した。この母屋には三村恭子に住んでもらうのがいちばんいい、と僕は思い、そのとおりに彼女に提案してみた。彼女は大賛成だった。

「美和子さんにも住んでもらったら」

と彼女は言った。

「私ひとりでは広すぎるし、美和子さんならいっしょに住んでもいい。美和子さんは間もなく梢を引き払うから、部屋を探さなくてはいけない、と言ってたのよ。お店は別のかたに引き継いでもらうのですって」

川端美和子は梢の二階にひとりで住んでいた。その彼女がここへ移って来ることに、僕は賛成だった。僕の両親はもうここへは帰って来ないはずだ。恭子は美和子に提案し、美和子はそれを喜んで受け入れ、五月の初めにはここへ引っ越して来ることにきまった。

恭子は母屋へ移り、僕は別棟の外国ふうアパート建築に戻った。そして美和子が引っ越して来た。何日かあと、三人が揃った日の夕食を僕が作り、三人で食べた。

「今度の人は基本的には通いなのよ。他に住むところがあるんですって。古い一軒家の民家だと言ってたわ。しかしあの店に泊まるときもあるでしょう」

と美和子は言った。

「私がここへ引っ越して三日後、まだそのかたの荷物が入らないあいだに、梢の二階を見せてもらったの。記念に見ておこうと思って。泣いたわよ。ここに自分はいたのか、という驚きは、充分な悲しみの涙に変わったし、もうここにはいない自分を俯瞰《ふかん》している、いまの自分がいて、その自分は、ここへ戻って来ることは絶対にない、と思ってるから、帰って来ることのない自分への悲しみも重なって、その複雑さはほとんど初めての体験だった」

これからその自分がなにをするのかに関してまったくの白紙だ、とも美和子は言った。

「自分にはなんにもないのよ。だから、なにをするのかと言っても、なにもしようがないの。そのような自分と、ここのこの環境で、しばらくつきあうほかないわね」

料理は上手だ、と美和子は言った。

「食べるのも好き。食べてね。恭子さんも上手なのよ」

「僕だって」

僕のその言葉に、なぜかふたりは盛大に笑った。

二階建てのアパートメントで一日を過ごす雨の日に、暮れていく外を窓から見ていると、そのような状況ぜんたいが僕のなかに生み出す快適感のようなものについて、考えないわけにはいかなかった。母屋の一部分が窓から見えた。明かりが灯っていた。すぐ隣にいるのに、彼女たちには会っていなかった。彼女たちは僕とは別個に存在していた。その存在はごく近くで営まれているのだが、そこへ僕が入る状況ではないし、その必要もなかった。この快適感を自分はどうすればいいのか、と考えていくと、小説につなげるほかないだろう、という答えが雨の庭に浮かんで重なった。

北原玲美と会った喫茶店へ僕はいってみた。巡業に出たら名所旧跡の絵葉書を送る、と彼女は言っていた。一枚も届かないからどうしたかと思ったら、彼女はウェイトレスとして働いていた。

関東近辺で劇場が三軒、たて続けに閉館したから、と彼女は言った。劇場は地方でも消えていた。予定を作り直してもらっているところだし、踊りだけの女性はいらない、とはっきり言う劇場が多くなってもいる、と彼女は言った。

「これからなにをしようか、と思案してるのよ。ここで働きながら」

「小岩の道場で空手を教えたら」

という僕の言葉に彼女は笑っていた。

僕はガロータに彼女を誘った。休みの日にかならずいく、と彼女は言った。その日を僕たちはきめた。ガロータの略地図と電話番号を手帳のページに書き、それをちぎって彼女に渡した。

12

北原玲美との約束の時間より早くに、僕はガロータに入った。男のふたり連れの客がひと組だけいた。カウンターの奥のストゥールにすわった僕の前に、西浦さんは立った。

「遠山さんから電話があったよ。出版社の。来週、ここで会う約束だって?」

「そうです。今日はダンサーと待ち合わせです。いつぞや写真を見ていただいた彼女です」

「それはうれしい」

スピーカーからのジャズを受けとめた僕は、

「前へ前へと進んでいきますね」

と、スピーカーを示して、言ってみた。

「それは先日の野田さんの台詞だよ」

「このＬＰでしたね」

「だから野田さんとおなじ台詞を言ったのか」

西浦さんはごく淡く苦笑した。

「確かに、野田さんの注文に応じて、このＬＰを再生して聴いてもらった。なにしろ六人もいるからね、進んでいくさ」

「テナー・サックスが六人ですか」

「ホーキンス。コーン。シムズ。オールド。パウエル。ルイス。ひとつところに止まっていたら、ジャズにはならないから。挫折したテナー・マンの言うことを、よく聞いておいてくれ」

「僕は小説を書くことにきめました。題名が、ひとつだけですが、手に入っています。短編小説のタイトルです」

「聞かせてくれ」

「バスの座席のセレナーデ、という題名です」

西浦さんは僕を見つめた。そして、

「それはクラーク・テリーのLPの題名だよ」

と言った。

「一九五七年の録音だ」

「自宅にそのLPがあります。小説のことを考えていたら、突然、この題名が閃いたのです。旅まわりの若いダンサーが主人公です。旅まわりですから、いろんなバスに乗ります。乗ればすわるでしょう、座席に」

「なるほど。物語は出来たのかい」

「まだです。主人公がきまって、始まりと終わりが出来て、これから展開を考えます」

「今日の待ち合わせの相手がモデルなのか」

「発想のきっかけではあっても、モデルではありません。彼女はこちら側の現実の人です。小説では、向こう側の現実の人にしなくてはいけないのだそうです」

西浦さんは笑顔になった。そして、

「先日、野田さんが、そう言ってたね。話はなんとなく聞こえてたよ。面白い話だった。ついでだからひとつだけ言っておくと、バスの座席を思ってそれをセレナーデにしたのではなく、英語の原題は、バスの座席に対してセレナーデするという意味だから、したがってきみの頭に閃いた題名は、バスの座席へのセレナーデ、とするといい」

「そうします」

「主人公のダンサーが主題なのかい」

「彼女が描ければ、それで充分です」

「最初にテーマを提示するんだよ。キーはマイナーだな。提示したその主題、つまりメロディをふくらませるのが展開の部分で、最後の十六小節ではもう一度、主題が提示される。ただし今度はメジャーのキーで」

という西浦さんの言葉を受けとめた僕は、

「僕は言葉で小説を書くのです」

と、ごく軽く、反論した。

「だからこそ、いま俺が言ったようなことを、きみは文章で試みるのさ」

西浦さんは平然とそう言った。

六人のテナー・サックスのLPはA面の再生が終わった。それをターン・テーブルから外した西浦さんは、今日の二十枚のLPのなかから一枚を選び、それをジャケットから取り出してターン・テーブルに置いた。

西浦さんは僕の前へ戻って来た。LPの再生が始まった。

「チャーリー・パーカーというソロイスト。リズム・セクション。ビッグ・バンド。そしてストリングス。実況録音や別テイクを含めて二十四曲あるのかな。おなじLPを何枚か買ってある。ことあるごとに聴いてるよ。編曲者のなかにニール・ヘフティがいたり、リズムにはレイ・ブラウン、バディ・リッチ、ロイ・ヘインズ、シェリー・マン。トゥーツ・モンデロのアルトやウィル・ブラドレーのトロンボーン。パーカーの吹くアルトの音そのものは、俺のほうが美しい。しかし、ソロイストぶりには強く共感する。きみもソロイストになってくれよ。書くためには、身辺にそして頭のなかに、いろんなものがなくてはいけないけれど、書くときにはソロイストだ。きみがそうなるためには、俺はいろんなことを、いくらでも言うから」

店のドアが開いて北原玲美が入って来た。カウンターにいる僕に片手を上げてみせた。彼女に続いて男のふたり連れが入って来て、そのすぐあと、男のひとり客がふたり、前後して店に入り、それぞれにカウンターに席を取った。彼らに応対するため、西浦さんは僕の前を離れた。

薄い生地の丈の短いコートを脱ぎ、鮮やかな色のスカーフを取った玲美は、黒いカシミアのセーターに淡いピンクのオックスフォードの、ボタンダウン・シャツ、そして黒いスラックスだった。くるぶしを越える深さのブーツを履いていた。彼女を西浦さんに示すと、彼は僕たちの前へ来た。西浦さんに彼女を紹介した。

「もうそんな服装の季節か」

と、西浦さんは言った。

「夏の暑い盛りには、裸同然で街を歩いてますから、ぜひ見てください」

笑いながらそう言い、玲美は僕の右隣にすわった。僕のグラスからひと口だけ飲み、

「ストリップ場で踊る以前は、キャバレーの専属バンドつきの歌手だったことは、インタヴューで語ったわよね」

「記事に書いたよ」

「そのバンドのバンマスに、今日、神田駅の構内で、偶然に会ったの。帰っておいでよ、と言ってたわ。東京オールスターズという名前の、十六人編成のダンス・バンド。このバンドで歌ってたある日の夜、ステージで踊りたくなったので、踊ってみたのよ。良かったよ、という反応が多くて、私自身、ステージぜんたいが自分になったみたいで、気分は良かったの」

「そこまでは聞いた」

「踊ってるあいだずっと、自分はいまここにいる、という強い実感があって、それを楽しむために、歌うだけではなく踊りも披露して一年ほどたった頃、いまここにはいるけれど、他のところすべてに自分はいないんだと気づいて、いろいろと考えたの。いま自分が確実

にいないのは、日本のいろんな地方の劇場だという結論を出して、ダンサーとして地方をまわるほかない、ということになって、キャバレーを辞めてダンサー。地方の劇場はかつては実演と映画の場所だったのよ。設備は粗末だとしても実演はできるのね。その実演の最たるものが、ストリップ・ショーなのよ。それまではいったことのなかった日本のあちこちとは、それまでの自分がいたことのなかった場所なのね。でもいまはこんなところにいるんだ、という感覚は楽しくて、町を歩けば町を知っていくし、ああ、自分はここにいるんだ、と実感した次の日には、もうそこにはいなくて次の町なのよ。でも、いま地方では、劇場が次々に閉館してるのよ。残ってるところでは、踊り子に求めるものが、まるで違ってくるし。キャバレーの専属ダンサーに戻るか、地方のキャバレーまわりの踊り子になるか。いま考えてもらってるとこ。廃業も視野に入れて」

僕が来たときにいた男のふたり連れが帰っていった。もうひと組は話しこんでいたし、男のひとり客ふたりには、いまのところ応対の必要はないと判断したのだろう、西浦さんは二枚のLPを持って僕たちの前へ来た。

「もうじき夏だから」

と言って最初の一枚を見せた。

「三曲あるうちの二曲目が『サマータイム』だよ。ヴィブラハープが素晴らしい。ちょうど一年前、いま頃の季節、このLPをかけてたら、客でいた若い女性がケースからフルートを出してさ、吹いていいですか、と俺に言うんだよ。他の客たちはみんな賛成で、吹いてもらった。LPを真似して吹いたんだよ、それがじつに巧みだった。音大生だと言ってた。それっきりあらわれないね。待ってるんだけど。北原さんをもっと小柄にほっそりさせて、眼鏡をかけさせたような人。三曲目、長いベースのソロのあと、パーカッションが続いていくのを聴きながら、彼女がフルートをケースに納める手つきを、俺はここからぼうっと見てたっけ」

二枚目のLPはデイヴ・ブルーベックの『ボサ・ノヴァUSA』だった。それを西浦さんは僕たちに見せた。

「さっきの『サマータイム』よりこちらのほうが先であるべきか。『六月によせて』という曲がある。原題は『六月のテーマ』となっている。よせて思えばそれはたちまちテーマだ」

と、ややわかりにくいことを西浦さんは言った。他の客たちに応対したのち、西浦さんはターン・テーブルを止めてチャーリー・パーカーのLPをはずし、代わりに別のLPを載せた。ターン・テーブルを回転させ、針先を音溝の始まりの部分に降ろした。西浦さんは僕たちの前へ戻って来た。LPの再生が始まった。

「いいですね」

と僕はスピーカーを示した。

「いつ頃のものだと思う？」

という彼の質問に、

「一九五〇年代なかばですか」

と、答えた。

「一九五四年」

「そうでしたか」

「どこだと思う？」

「ニューヨークのスタジオでしょう」

「パリのスタジオだよ」

「演奏しているのはフランスの人たちなのですか」

「このテナー・サックスはギ・ラフィットという男なんだ」

「いまから十二年前ですね」

僕の言葉に西浦さんは深くうなずいた。

「ひとまわりとは、こういうことだよ」

「しかも、ひとまわり過去なのですね」

「ひとまわり昔に、こうだからね。ここにも『サマータイム』があるんだ。最後の『ブギー・ブルース』も、いいよ」

このガロータへ来るたびに、西浦さんに伝えるべきことを、そのつど、僕はなぜか忘れていた。しかしいまの西浦さんのひと言で、思い出した。

「ラジオの番組に出演して、聴取者に語ってくださいよ。西浦さん、ラジオに出演してください。ラジオに番組を持ってください。ジャズのLPをかけては語る、という内容の。僕がひとりだけで聞いているのは、もったいないです」

「ラジオはいいかもしれない」

「やる気ですか」

という僕の言葉に西浦さんは笑った。その西浦さんに僕はさらに語った。

「二十四歳のとき、中波のラジオ局の夜遅い時間に、十五分の番組を半年、僕はひとりで喋ったのです。ディレクターの選んだレコードをかけては。スポンサーがつかなくて、半年間サスティンでした。局が自ら支えるからサスティンで、業界用語ではサスと言います。そのときのディレクターが僕とは大学のおなじ学部の同期生です。彼を連れて来ます。会ってください。ジャズとその語りならスポンサーはつきますよ」

ガロータからの帰り道、駅のプラットフォームで、

「小説を書くの？」

とひと言、玲美は僕に訊いた。

「僕が最初に書く小説。短編小説。旅まわりのストリップ・ショーの若い踊り子が主人公になる」

「私みたいな？」

「きみではない。まったく別の人。ただし、巡業先の港町の魚屋で鮑をもらい、東京のアパートまで電車で持って帰るところから、始まる」

「私が鮑をもらった話は、電話でしたわね。インタヴューの記事にも使ってあったわ」

「鮑の一件だけは北原玲美だ。しかしそれ以外は、まったく別の人」

「読みたい。いつ出来るの？」

「いつだろう。秋かな」

自分は小説を書く、と伝えた相手はこれで四人になった、と思った瞬間、僕の頭に閃いたものがあった。きみではない、まったく別な人だ、とたったいま僕は玲美に言った。まったく別の人とは、僕の知り得ない北原玲美のことだ。知り得ない彼女という存在を書くために、ほんの一瞬だけなら彼女を知ることのできる、僕とおぼしき青年であるフリーラ

ンスのライターを、書き手の僕は自分の小説のなかに登場させようとしている。そのことのぜんたいが閃いて、なぜか僕はうれしくなった。楽しい気持ちになった。早く書きたい、と僕は思った。

13

その駅のプラットフォームは高架だ。上下線ともその両端に、地上へと降りる階段があった。南側の階段を降りると正面に改札があり、改札を抜けて駅の建物の外へ出るとき、ふと見上げると、出入口の天井はその横幅が三つに区切られ、そのどれもがアーチになっていることに、気づく人は少ないだろう。誰もが多忙そうに歩いていた。気づかれないままに時間が経過していくことを、ほど良く典雅な三つのアーチは、ごく当然のこととして許容していた。

駅の建物を出て数段の階段を降りてから、建物の正面に沿って右へとまわり込むと、高架の駅とその線路に沿った、北側の道に入った。上下複線の線路の下は、天井の高い高架下のスペースで、かつては店舗と居住の空間が併存していたという。ときたまある二階の窓にその名残を見ることができた。南側にもおなじような道があり、北と南とをつなぐ高架下のトンネルのような通路が、五箇所あった。高架下にある空間の奥行きは九メートルだ。

線路の北側でも南側でも、プラットフォームは、その下にある道幅の半分ほどまで、中空にせり出していた。それを支えているのは、五メートルの間隔で立つ、半分だけのアーチのように湾曲した、鉄筋コンクリートの柱の列だった。プラットフォームは駅の建物を加えると、その全長は三百メートルあった。高架に沿った南北両側の道では、それだけの距離にわたって半分アーチの柱がならび、その上に、プラットフォームとその壁そして屋根が、かかえ上げられていた。

道に沿って何軒もの問屋が隙間なくならんでいた。商品の段ボール箱が、どの店舗でもその外に、高く何列も、積み上げてあった。高架下のスペースは柱ごとに仕切られ、店舗や物置、作業場、工場などに利用されていた。高架下のスペースがその奥行きのまんなかで仕切られ、南側と北側とでは、異なった店舗として営業しているところもあった。

いまは平日の夜七時を過ぎたばかりだが、道を歩いている人の数は多かった。僕はそのひとりだった。高架下の問屋街の北側を、いっぽうの端からもういっぽうの端近くまで歩き、四つ目の連絡トンネルを抜けて南側に出た。南側の高架下をその端まで歩くと、大杉康夫さんが電話で説明したとおり、交差点があった。その交差点を渡って角から左へ二軒目、小さなドアのまんなかに、大杉さんの言った店名が浮き彫りにされた板が、取りつけてあった。

　そのドアを開いて僕はなかに入った。右側にカウンターが奥へのび、通路をはさんで左側はテーブル席だった。店の空間には奥行きがあり、突き当たりで左へ直角に折れているように思えた。カウンターのなかほどに面したテーブル席に大杉さんがいた。大杉さんは僕に気づいて右手を上げた。大杉さんの向かい側にいた店の女性が、ベンチシートの奥へ移動した。空けてくれたところに僕はすわった。

　今日の午後、自宅を出ようとしていたとき、大杉さんから電話があった。

「会いたい。仕事で」

　と彼は言った。

「梢は後日の課題にしよう。場所も店も変わらないけれど、女将がまったく別の人だから、内容としては別物になった。だから梢で会うのは、後日のこととして」

　と言い、このバーを指定して、店名や場所を僕に教えてくれた。

「紹介したい人がいる」

　とも彼は言った。

　だからいま、僕はこのバーにいた。僕の隣の女性を大杉さんは示し、

「加代子さん」

と言った。

「さっそくだけど、律子さんを彼に紹介したいんだ」

と大杉さんは加代子に言った。

「律子さんは他のお客さんのテーブルにいるけれど、呼んで来ます。ご挨拶だけ」

僕はシートの外に出た。その前を加代子はすり抜け、店の奥へ歩いた。僕はシートの奥にすわりなおした。

律子という女性を連れて加代子が戻って来た。ふたりはそれぞれシートの端にすわった。律子を示した大杉さんは、

「律子さん」

と僕のために言った。律子は笑顔を僕に向けた。

「さる出版社の編集部にいたのだけど、そこを辞めてここへ移った、という珍しいケースさ。きみとは相性がいいかもしれないと思って、いまこうして紹介している」

律子は笑顔のまま軽く会釈した。

「ホステスぶりはもう板についたかい」

という大杉さんの言葉に、

「ホステスではないのよ」

と、加代子が言った。

「なんだい」

「いろんなお話の相手」

「彼は小説家になる男だから、大事にしてくれ。ウィスキーなんか片手で差し出さないで、両手で出してくれ」

「いま律子さんは他のお客さんの席についてるのよ。あとでまた来てもらうから」

と加代子が言い、律子は席を立ち、

「しばらくして戻って来ます」

と言い、店の奥へ向かった。

「彼になにか酒を」

と、大杉さんは僕を示した。

「あら、ほんとだ。お水もなくて」

「小さなグラスにウィスキーを」

と僕は言った。

加代子が席を離れてから、

「梢の一件はショックだったよ」

と、大杉さんは言った。

「彼女がいたからこその梢だったのだから。彼女となにを語り合うわけでもなかったけれど、カウンターに腰を据えて飲んでいれば、彼女の顔や姿は何度も目に入った。そのつど、はっとするような美人だし。言葉は、優しさと丁々発止とのバランスが、絶妙で」

「僕の両親が住んでいた家に、美和子さんは三村さんといっしょに住んでいます」

「そうなんだってなあ。自宅にハーレムかよ。遊びにいくよ」

「ぜひ来てください。四人で夕食を」

「それは楽しみだ」

「両親は京都へ移ったのです。庭の一部分を母が野菜畑にしていたのを、美和子さんが引き継ぐと言って、張り切ってます。いい畑なのだそうです。広げたい、とも言ってます。肥料をどうしていたのか、母に手紙で訊いてみる、と言っていました。化学肥料を使いたくないそうです」

「次の仕事に彼女はなにをするんだろうか」

「一年や二年はなにもしなくても大丈夫よ、と言っています」

「そのあとが問題だ」

「そうですね」

「野菜の収穫量にもよるけれど、俺は買いにいくよ」

「母は知人たちに分けていました。のちほど、どの人からも、お菓子が届いたのです」

「なごやかだね」

ウィスキーの小さなグラスを水のグラスとともに、加代子が席まで持って来た。

「俺にはお代わりを」

と、大杉さんは自分のグラスを示した。そのグラスを手に取って、加代子はカウンターのなかにバーテンダーのいるところまで戻った。

「梢の新しい女性は悪くないよ」

大杉さんは言った。

「おそらく才気煥発。美和子さんとは違った方向で。客あしらいは心得ている。中年の美人で雰囲気があって、素人じゃないと思ってたら、女剣劇の一座で主役級のひとりだったそうだ。沓掛時次郎や番場の忠太郎だよ。あの店へこれまでどおり通う楽しみは、あると言っていい」

大杉さんのウィスキーの、おそらく二杯目が届いた。そのグラスを掌のなかに持ち、

「ところで今日の話だけど」

と、大杉さんは上体を僕に向けて傾けた。

「小説を書いてくれ。短編。活版のページに、四百字詰めで三十枚は楽に入る。つまらないものを取り払うと、三十五枚まではいける。だから、三十五枚の短編」

「書きます」

としか答えようはなかった。

「よし、それでは、三十五枚。締切りはひと月あと。二百字の原稿用紙を使ってくれ。二百字で耳を揃えて七十枚」

「書きます」

「初めての小説だよな」

「そうです」

「ということは、きみに最初に小説を依頼した編集者は、この俺だということになる」

大杉さんはウィスキーのグラスを顔の前にかかげた。グラスごしに壁の照明器具を見た。

「あとあとまで語り草にしたい。ただし、語り草になり得るのは、きみが書いて来た三十五枚の短編が、文句なしの場合に限られる」

「大杉さんのものの言いかたは、刑事ですね」

「野田さんから聞いたのか。いま依頼した件に関しては、彼の了解を得てある。ひと月あと、三十五枚」

「わかりました」

僕は遠山さんとのいきさつをすべて大杉さんに語った。

「それはそれで、きちんとつきあえ」

と大杉さんは言った。

「しかし悠長だなあ。来週、ガロータで会って、若い編集者を紹介され、その人と二度、三度と会ううちに話は進んでいき、それでは秋のうちにひとつは読ませてくださいとなって、読んでもらって検討されるのに、三か月はかかるよ。掲載するためには会議だな。編集会議は一度ですむかどうか。俺んとこは漫画週刊誌の活版ページだからね。締切りは来月だよ」

大杉さんはグラスのウィスキーをほんのひと口だけ飲んだ。

「成熟した作家の老練な技術なんか望んでいない。ことさら若くあれとは言わないけれど、二十六歳で初めて書く小説だから、読む俺をどこかですぱっと斬ってくれ」

大杉さんの話はさらに続いた。

「初めて書くからと言って、緊張だけはするな。楽しいなあ、と思って書け。自分の書く小説を面白がれ。書きたいことだけを書け。無理するな。それに、序列をつけるな。大小や軽重の序列。気持ちが悪いよ、そんなもの。手前と奥。人と人との関係、その他すべて、おなじ平面に置いて書け。きみのあの文章だとそのほうが効果的だ。しかしそれは、様式やスタイルではないよ」

加代子が来て大杉さんの隣にすわった。

「材料は日常のなかに無限にある。日常なんて、誰も身のまわりにいつもあって、おなじような平凡でつまらないものだと、愚かにも多くの人は思っている。まったくその逆だね。いまここに俺ときみがいる。俺から見れば、自分と他者であり、それは複数の視点というものの、最小単位だ。俺に見えてること、俺が思ってることは、きみに見えていることやきみが思っていることと、まるで異なる。なにからなにまで、みんな違う。これが無数に集まって出来てるのが日常なんだから、日常とはじつは、とんでもないものだよ」

大杉さんに依頼されて会い、インタヴューして記事にした北原玲美のこと、そして彼女をきっかけにして閃いた、「バスの座席へのセレナーデ」という題名の短編のアイディアについて、僕は大杉さんに語った。聞き終えた彼は次のように言った。

「それはいい短編になりそうだ。俺が依頼した三十五枚を書いたあと、楽しんで書くといい。彼女ときみがいくら親しくなったとしても、きみが彼女になることはできない。逆も真だ。そこにきみの小説が成立する。ほんの一瞬だけ知っている彼女と、知り得ることのない膨大な彼女とのふたとおりだけで、小説は出来るはずだ。きみはきみだけであり、他者にはなれない。きみがいまここにいるなら、他のあらゆる場所にきみはいない。現在だけではなく、過去と未来についても、まったくおなじだ。わかりにくいかい」

「聞いている僕の頭そして体に、しみこんでいきます」

と答えた僕は、次のようにつけ加えた。

「野田さんによれば、日常とはこちら側の現実で、小説は向こう側の現実だということでした」

両手を膝に置いて真面目な表情の加代子のかたわらで、大杉さんは愉快そうに笑った。

「さすがニコニコデカだ。大雑把《おおざっぱ》だ」

と言ったあと、

「妙な話になってるけど、ごめんね」

と加代子に言い、僕には次のように言った。

「向こう側の現実を、ここではないどこか、などと言う人がいるけれど、ここではないどこか、というものがどこかにあるのではなく、正確に言うなら、ここではないどこかとは、自分のいない、いたるところさ。わかるかい」

「自分はここにしかいないのですから」

「そのとおりだ。そして、ここにいる自分だけでは、小説は成立しない。たとえばの話、男と女が喫茶店で待ち合わせをする。女が、そのシャツではなくこのシャツを着て来たことによって成立する彼らふたりの小説、というものがあり得る」

男性の三人連れの客を送り出して、律子が僕のかたわらにすわった。

「あとで湯麵《タンメン》を食おう」

と大杉さんは僕に言った。

「うまい店が近くにある」

「出前が取れるのよ」

加代子が言った。

大杉さんは片手を顔の前で振った。

「店で食べるんだよ。あのテーブルで、そしてあの割り箸で」

律子は笑い、加代子は真面目な表情のままだった。

「さっぱりとした昔ふうの味だ」

「中華そばのお話なの？」

「どんな話でもいいよ。相手をしてくれ」

「お仕事の話を聞かせて」

という律子の言葉に大杉さんは僕を示し、

「彼に小説を依頼したばかりだ」

と言った。律子が笑顔を僕に向けた。

「どんな小説なの？」

テーブルの向かい側から加代子が訊いた。

返答のひと言が僕の頭に浮かんだ。

「源氏物語の続編です」

と僕は言い、律子と大杉さんが笑った。

14

ガロータのドアを開いてなかに入ると、西浦さんがカートリッジの針先をＬＰの盤面に降ろした瞬間だった。そのことを喜んでいるかのような表情で、彼は僕を見た。客はまだいなかった。カウンターのいつもの場所で僕はストゥールにすわり、僕の前へ西浦さんは来た。聴こえて来たビッグ・バンドのジャズに、肩ごしにスピーカーを示した西浦さんは、

「ウディ・ハーマンのビッグ・バンド。戦後すぐの録音」

と言った。

曲名は確か「アップル・ハニー」だった。次の曲は「ウッドチョッパーズ・ボール」だろうか、と僕は思った。この題名はウディという名前に掛けてあった。

ドアが開いて中沢幸吉がひとりで入って来た。僕を見て顎《あご》を上げ、

「よう」

と言った。そして僕の右隣まで歩いて来て、ストゥールにすわった。

僕は彼を西浦さんに紹介した。スピーカーを指さした中沢は、

「これは知ってるよ」

と、いつもの気さくさそのままに、言った。

「演奏してるのは、雷鳴を轟《とどろ》かす一群、ですよね」

西浦さんは笑顔でうなずいた。

「戦後のアメリカです。第二次世界大戦の戦勝国のトップとして、世界の頂点に立ったのです。アメリカの戦後とは、そういうことです。若いアメリカが自分の底力に目覚めて、どことも知れない前方に向けて突進し始めたときのジャズのビッグ・バンドの音とは、こういうものでした」

「おっしゃるとおりです。目に浮かびます。進駐軍の巨大なトラックが」

「このあと『ワイルド・ルート』『バックトーク』『ザ・グーフィ・アンド・アイ』『フォー・

ブラザーズ』と続きます。『バックトーク』はトランペットのショーティ・ロジャースとヴィブラフォンのレッド・ノーヴォが書いたもので、よく知られた曲のコード進行をそのまま使った、一九四六年の録音です」

「よし」

と声を張り上げた中沢は、両手を上げて掌を打ち合わせた。弾けるような快音があった。中沢の癖のひとつだ。僕はこの音を久しぶりに聞いた。

「きめた。俺は即決できる。二十八歳の俺の能力ゆえにではなく、そういう中波のラジオ局だということです。その局でジャズの番組を作りますから、西浦さん、ぜひその番組でLPをかけて喋ってください。平日、できることなら金曜日、夜の十時三十分から、あるいは十一時から。三十分番組。週に一度。西浦さんおひとりで」

「いいですよ」

「これできまった。即決とはこういうことです」

と西浦さんに言った中沢は、僕に向き直った。

「番組の名前をここできめたい。局の年上の連中だと、ジャズの夕べだとか、ジャズへの誘《いざな》いだとかになるんだけど、いま少しクールに、さっと流して、西浦賢太郎スクール・オヴ・ジャズ、というのはどうだろう。ここへ来る電車のなかで考えて、なかばこれにきめた。なかば、とわざわざ言うのは、ここで賛否をつのるため。おふたりの」

僕と西浦さんはともに賛成だった。

「毎回、番組の冒頭で西浦さんが、ニシウラ・ケンタロウ・スクール・オヴ・ジャズ、というひと言を言います」

「そこだけヨシオにやらせたら」

と僕は言った。

「そこだけ別人のほうがいいような気がする」

ヨシオとは僕と高校の同級生で、自宅がすぐ近くだ。僕が中沢の局で十五分番組を担当していたとき、選曲を引き受けたのがヨシオだった。彼も自分の番組を持って喋っていた。

「あいつか。確かにあいつならクールだな。それに英語の発音は本物だし。よし、あいつにしよう。あいつをスタジオに呼んで、ワン・フレーズ喋らせてテープに録音して、それを毎回使えばいい。俺が連絡するよ。局でいまもなにか仕事をしてるんじゃないか。下の喫茶店でコーヒー一杯おごってな。よし、それでいこう」

ウディ・ハーマンのＬＰがやがて再生を終えた。西浦さんはレコード・プレーヤーまで歩いていき、ターン・テーブルを止めてＬＰをはずし、ジャケットに入れた。そして僕たちの前へ戻って来た。

「お前はゲストで出てくれよ」

と、中沢は僕に言った。

「西浦さんがゲストのお前を紹介するとき、あちこちの雑誌にいろんな文章を書いてるフリーランスのライターのなんとかさんではなくて、端的にひと言、作家の、と言えるようになってくれ。早くなれよ。来年は二十七だろう。けっして早すぎはしない。作家になったら、ゲスト出演だ。枕言葉はつけてやる。みなさんご存じのとか、いま小説が話題のとか」

西浦さんは笑っていた。

「ハーマンのファースト・ハードは一九四五年が終わる頃には人気バンドでした。セカンド・ハードが結成されたのは一九四七年のことでした」

「俺とこいつとは高校がおなじで、俺のほうがなぜだか二年年上なんですよ。こいつは一年生のときから新聞部にいて、俺は放送部で、昼休みには俺が放送室に入ったきりのレコード・コンサートを校内放送して、こいつがそれの感想を学校の新聞に書いてたんですよ。曲順なんかよく覚えてるし、けっこう鋭いことを書いてたから、俺がこいつのクラスに出向いて、あれを書いてるのはお前か、というわけですよ。放送室に連れてって、レコード・コンサートにつきあってもらって、自宅からＬＰを持って来てかけたりもしたなあ。それ以来なんだけど、二年の差なんてないも同然だから、俺とお前に、こいつとそいつです」

中沢幸吉は快調に喋った。西浦さんと僕が聞いていた。客はまだあらわれなかった。

「俺は中波のラジオ局に入って、現場をやって四年目だったかな、いい声できちんと喋る奴がいてジャズに詳しい、という触れこみでこいつを紹介してくれたのが、いま若者に人気の、という枕言葉のつく週刊誌の編集者でさあ。局を訪ねて来たそいつに俺が応対したんだけど、どっかで見た奴だけどなあと思ってたら、編集をやる前は歌手だったと言うんだよ。シャンソンやカンツォーネ。そいつが歌ったステージを俺は見てたんだよ。声を張り上げてカンツォーネを歌ってたけど、情感がなくてな。そいつがこいつを局に連れて来て、なんだお前か、というわけでさ。さっそく十五分番組で喋ってもらった。サスで半年。ヨシオにはジャズの選曲をしてもらってれば、その後の展開は違ったかもしれないな」

「そして時はほんの少しだけ下って、彼が私を中沢さんに引き合わせてくれたわけだ」

そう言った西浦さんに、中沢はさらに語った。

「西浦さんもいい声ですよ。落ち着いていて説得力がある。話は順に展開して、知的なところに向かうよね。それがなによりだ。そしてそこに妙な影があって。いなせな影、というほどでもないんだけど、堅気《かたぎ》じゃねえかもしれない、という味なんだ」

「かつてはバンドマンでした」

と、西浦さんは言った。

中沢は顔の前で両手を打ち合わせた。乾いた大きな音がした。

「ほら、な」

「ダンス・バンドのテナーで、高校生の頃からいろんなところでアルバイトにテナーを吹いてましたよ。米軍キャンプではリズム・アンド・ブルースをやらないと仕事にならないので、クレイジー・ケンのテナー・マッドネスというコンボで、人気がありました。両脚を大きく広げ、両膝をステージについてのけぞって吹いたり、仰向けに寝ころんで鰐《ワニ》のように動いて吹いたり。新調したばかりのスーツの肩が裂けたり、大変でした」

「やっぱりそうだよ。俺が感じた影は、百戦錬磨のバンドマンの影だった」

「そのダンス・バンドで演奏した最後の曲は覚えていますか」

と僕は訊いてみた。このような質問をする機会が、これまではなかった。

「トンシレクトミー」

と、西浦さんは答えた。

「扁桃腺《へんとうせん》摘出手術、という意味だ。リズム・アンド・ブルースふうのリフ曲。短いけれどテナーのソロがあったな。その前の曲が『チュニジアの夜』だった。これは完全にリズム・アンド・ブルースで、ここを先途とトランペットが吹きまくり、次がテナーで、ドラムスの深い奥行きの手前で合奏があり、それがいきなりピアノだけになり、トロンボーンがそれを受けて、火の出るような合奏で終わりました」

「そういう話も、たまに効果的に、ちらっと出るといいね」

中沢はカウンターを越えて西浦さんに右手を差し出し、ふたりは握手を交わした。

「今日、いまこの瞬間から」

と、中沢は言った。

「西浦さんが買うジャズのＬＰの代金は局が支払うから、領収書を僕にちょうだい。経理の責任者が明細男なもんで、領収書の裏に明細を書いといて。一枚の領収書につきＬＰは十枚までかな。金額として。領収書は月に四枚までＯＫ」

中沢は僕に笑顔を向けた。その笑顔はかすかに苦笑へと変わった。

「新しい人に会って、なにか新しいことを始めるためには、こうしていろんなことを喋らなくてはいけない。喋ることはまだあるよ」

そう言って中沢は西浦さんに向き直った。

「スタジオへ来てマイクの前で喋ってみてください。オーディションはいまここですんなり合格してますから、なんの問題もないです。だから初回のスタジオは慣れるためですね。テストを兼ねてると言ってもいいけれど、第一回のつもりで。本番とおなじにテープに録るから。話を考えて曲を選んでLPを用意して。三十分だから七曲はかからないな。六曲か。でも七、八曲は用意してもらって、短いのも二、三曲。かける曲はどれも完奏します。フェイド・アウトなし、喋りを乗っけることもあり得ない。いつにしましょうか」

中沢はジャケットの内ポケットから手帳を取り出した。ページを繰り、西浦さんの都合を訊いて日時をきめた。

「毎週一回、いまきめた午後のおなじ時間、西浦さんはジャズのLPを持ってスタジオに出勤し、一回分の番組を録音する。スポンサーはかならずつくよ」

中沢はストゥールを降りた。フロアにまっすぐに立ち、

「まだなにかあるか」

と、僕に訊いた。

「これでいいだろう」

「よし」

中沢はストゥールにすわり直し、

「酒にしよう」

と言った。

「お前はいつもウィスキーだな。無理すんなよ。もっと弱いのを飲め」

「ドライ・シェリーは」

西浦さんが訊いた。

「俺はそれだ。お前もか？」

冷蔵庫からドライ・シェリーの瓶を取り出し、ふたつのグラスに注いで僕たちの前に置いた西浦さんは、レコード・プレーヤーのある棚の前まで歩いた。下の棚に開いて置いてある小型のスーツケースからLPを一枚取り出し、ジャケットから抜いてターン・テーブルに置いた。プレーヤーを回転させ、盤面に針先を持っていき、リフターを降ろした。そして僕たちの前へ戻って来た。

「いつだったか、クレア・フィッシャーの第一作を聴いてもらったよね。これは第二作。始まる、というこの感じが、素晴らしい」

西浦さんの言葉に続いて、ターン・テーブルのLPが再生され、その音を僕たちは受けとめた。

「なにが始まるかというと、世界が始まるんだ。異なった世界。現実とは別次元の世界が。なぜ別次元かというと、知的に構築されているからだよ」

西浦さんの言葉を僕の隣で中沢は真面目な表情で聴いていた。西浦さんは、再生されるLPに重ねて、言葉を続けた。

「そのなかへと入っていく経路の始まりだよ。それはたいそうスリリング、というひと言に尽きる」

「知的に構築される、とはどういうことですか」

と僕は訊いてみた。

西浦さんは僕をまっすぐに見た。そして、次のように言った。

「それは、自由さのなかで考え抜く、ということさ。曲を作る前の状態は、じつは自由さそのものなんだ。その自由さのなかで考え抜かれて出来たものが、これさ」

と、彼は背後にあるスピーカーを片手で示した。

「きみは言葉でそれをやってくれ」

「抒情や哀感がありますね」

「それはひとつにまとめて、優雅さと言っていい。知的に構築されているから、そこには現実とはまったく別次元の透明さがあり、そのなかをどこまでも見通すことができる。その快感が抒情や哀感として感じられたりもする」

西浦さんは語り終えた。

「そういうことを、ぜひとも番組で喋ってください」

と中沢が言った。

A面の再生が終わったLPを、西浦さんは次のLPに取り替えた。僕たちの前へ戻って来て、

「おなじくクレア・フィッシャー。七年前の録音だよ」

再生の始まったA面の一曲目を僕たちは聴きとおした。

「ふられたときに良さそうですね」

と僕は言ってみた。西浦さんは笑い、中沢が僕に向き直った。

「お前の好きな年上の女性たちのいいところは、相手の男をけっしてふらないことだよ」

なぜか西浦さんはうなずき、次のように言った。

「スイングやモダンだと、進んでいく前方というものが、当然のこととして前提されているよね」

「このようなボサノヴァだと、前方にはサウダージがあるだけですか」

「おなじヴィブラフォンでも、ボサノヴァだとサウダージだから、お先まっ暗ではなく、サウダージのなかへ、さらになかへと、入りこんでいくことができる。前方へのひたすらな展開とは、まるで異なるよ」

「だからふられたときにいい、とこいつは言うんだ。その当人は、いつ作家になるんだよ。早くなってくれよ」

次の日の朝、目覚めて起き上がり、ベッドから出て窓の外を見たら、曇っていた。窓ガラスにはいちめんに雨滴が宿っていた。ときたま雨が降っているのだ、と僕は思った。朝食を食べているとき、雨の音が聴こえた。

暗くて重い曇り空から雨が降り続き、やがて風が出た。風は強さを増し、雨をからめ取って横殴りに吹き抜けた。敷地を囲んでいるさまざまな樹の枝とその無数の葉が、風を受けとめては自分たちの動きへと変化させ続けた。

窓からその様子を見ていた僕は、これは最適な日だ、と思った。大杉さんに頼まれた短編小説を考えるための、最適の日だ。だから僕はその日をそのために使った。一日じゅう考え、その結果を原稿用紙にメモのように書き、物語の順番につなげていくと、自分にしかわからない下書きのようになった。

雨と風はどちらも強さを増した。夜、僕が眠る頃、もっともひどかったのではなかったか。次の日は快晴だった。陽ざしがまるで嘘のようで、架空感があらゆるところにあった。風があった。架空の陽ざしが、その風にきらめきながら飛んでいく、という想像を僕は楽しんだ。朝から日が暮れるまで、そのような一日だった。僕は外出をせず、短編小説を書いた。夜には書き終えたその短編に、『なんてこった、と僕も言う』という題名をつけた。

なんてこった、と僕も言う

梅雨の雨の日だ。仕事の用事はいくつかあった。しかし、いずれも急ぐものではなかった。だから今日は自宅にいようか、と僕は思った。雨の日に傘をさして外を歩くのも悪くない、どうしようか、と思案を始めたとき、直子から電話があった。午後三時に直子の自宅へいく約束が出来た。

昼すぎに僕は外出した。傘をさして駅まで歩き、下りの各駅停車の電車に乗った。駅をいくつかやりすごしたのち、めったに来ない駅で降りてみた。改札を出て雨の商店街を歩いた。最初に目についた喫茶店に僕は入った。

コーヒーと考えごととは相性がいい。一杯のコーヒーを相手に、頼まれている原稿のことを考えていると、僕ひとりの小一時間となった。おなじ商店街で二軒目の喫茶店に僕は入った。奥の席で壁を背にして椅子にすわり、ジャケットの内ポケットから手帳を取り出した。

手帳にしてはサイズがやや大きいか。しかし厚さはなかった。小型のノートブックのようでもあった。最初の喫茶店で考えたことを、このノートブックに僕は鉛筆で書いていった。羅列するかのように書いたあと、読み返しながら、余計なことを横一本の線で消しては、論理の筋道をひとつにつなげてみた。一時間はすぐに経過した。

喫茶店を出た僕は雨のなかを駅へ引き返した。二時間前に下りの各駅停車に乗ったいつもの駅へ、上りの各駅停車の空いた電車で、僕は戻った。駅からはいつものとおりに歩いた。自宅の前をとおりすぎた。直子のところへ向かっている、といういまの自分の状態が増幅されるのを、僕はひとりで楽しんだ。

自宅のいくつかの窓から、いま僕が歩いているこの道を、見ることができた。母親が見ているかもしれない、という思いに、どうせいつかはばれるだろう、という思いが重なった。母親がまだ気づいていなければ、直子自身が、きわめて巧みにばらすだろう。二歳だけ年上の直子との関係は、すでに二年を越えていた。

午後三時、約束の時間どおりに、直子の自宅のドア・チャイムのボタンを僕は押した。直子がいまはひとりで住んでいる自宅は、僕の自宅から歩いて三分と離れていなかった。

そしていまは、その家の二階にある、直子の寝室のなかだ。雨の日の午後やや遅く、寝室のなかはほの暗かった。直子と僕とは裸でベッドの上だ。僕の体にゆったりとまわしていた両腕を解き、

「チャーリー・ブラウンのシャツをまた作ってあげましょうか」

と、直子は言った。

「今朝、ふと思い出したの。あのジグザグ模様の、半袖のポロ・シャツ。作って欲しい？」

「欲しい」

「作るわ」

「白い半袖のポロ・シャツを見つけなくてはいけない」

「かならず見つかるわよ。あなたも気をつけてて」

「襟《えり》の先端が丸くなってるのではなく、シャツ襟のように角のあるタイプの」

「そうだったわね。かならずあるわよ」

そう言った直子は僕の胸に片腕を横たえた。そして、

「何色にしましょうか」

と言った。

「ジグザグは赤がいい」

「今度は色落ちしないように」

「赤い布をジグザグに切って縫いつけるのかい」

「そうよ。きれいな赤いニット生地。これも見つけるわ」

しばらく言葉が途切れた。声を低くして、直子が言った。

「あのジグザグはシャツをぐるっとひとまわりするあいだに、何度、上下したのだったかしら」

「覚えてないなあ」

「ジグザグの幅はこのくらいね」

僕の裸の胸のまんなかに、直子は右手の親指と人差し指の先端を、ごく軽く触れ合わせた。

「ジグザグの幅は六センチ」

「そうかな」

「七センチだと広すぎるでしょう」

「うん」

「五センチでは狭すぎるわ。六センチにしましょう」

直子は僕の上体に裸の体をなかば重ね、肩に顔を横たえ、僕の首筋に向けて、つぶやくように言った。

「思い出したわ。以前に作ったときも、ジグザグの幅は六センチだったのよ」

直子の裸の太腿《ふともも》が僕の脚のあいだに割って入った。太腿を僕と重ね合わせて、直子は言った。

「ジグザグの上がこのあたり」

と、彼女の右手の人差し指の先端が、僕の胸のまんなかを軽く押した。

「そしてジグザグの下がこのへんだとして」

彼女の親指の先端が僕の胸の肌に触れた。

「この幅のジグザグが、あなたの体をひとまわりするのに、何度、上下するかしら。やってみましょう」

そう言った直子は僕の胸の上で指先を動かし始めた。

「ここがジグザグの下よ。下の角ね。ここからこんなふうに斜めに上がっていって」

と、彼女の指先はジグザグの進んでいくコースを、僕の胸の上にたどった。

「斜めに上がりきって、このあたり」

彼女の指先はそこで止まった。

「ここから斜めに下がります。こんなふうに。これで、上下ひと組が一回よ」

左の腋《わき》の下に向けて直子の指先は動いていった。

「こちらを向いて」

僕は直子に向きなおり、左腕を斜めに上げた。彼女の指先はジグザグのコースをたどって、僕の背中へとまわりこんだ。

「うつ伏せ」

と言われるままに、僕は裸の体をシーツに伏せた。

「腋の下を抜けて来たジグザグは、こんなふうに背中を横切って、右の腋の下へ向かって、はい、あお向け。ここまでで、ジグザグの上下は五回」

僕はベッドの上であお向けになった。ジグザグのコースをたどり始めたところまで、直子の指先は到達した。

「ほら、ぴったり」

と、なぜか直子は囁いた。

「ぴったり、ここよ。ここからジグザグを始めたから。ジグザグの上下は、七つ」

直子は上体を斜めに起こし、僕を見下ろした。

「ジグザグの頂点は上下とも七つ。きれいな赤いニット地を見つけて、正しい大きさに切って、ミシンで縫いつけるわ。作るとは言っても、それだけのことよ。作ったら着てね」

「着て歩くよ」

「いっしょに歩きましょうか」

「そうしよう」

「夏がいいわ」

「もうじきだ」

直子は僕に体を重ねた。両脚を大きく開き、僕にまたがった。

『ピーナッツ』の漫画は父親が購読していた英字新聞にも連載されていた。連載が始まってすぐに、僕はそれを読み始めた。ひょっとしたら第一回から読んだかもしれない。初めて目にしたとき、絵柄をなぜか僕は好んだ。何人かの子供たちが登場するなかで、主人公と呼んでいいのはチャーリー・ブラウンという子供だった。頭が丸く大きく、半ズボンをはいていて、いつも半袖のポロ・シャツだ。

このポロ・シャツの柄が、彼の体をひとまわりしている、幅の広いジグザグ模様だった。大きな丸い頭ではつむじのところで髪が何本か短く立っていた。そして額には前髪が描いてあった。細くて柔らかな、くすんだ金髪なのではないか、と僕は思った。

この連載漫画を僕は新聞から切り抜き、スクラップ・ブックに貼っていった。いまでも切り抜いているから、スクラップ・ブックはすでに何冊にもなっていた。最初のスクラップ・ブックの最初のページを見れば、連載第一回が切り抜かれて貼ってあるかもしれなかった。

Oh, good grief! というのがこのチャーリー・ブラウンの口癖で、なにかあるとこの言葉が彼から出ていた。中学と高校の同級生にヨシオという男の子がいて、英語と日本語の両方で育ったという。Oh, good grief! という言葉が言いあらわそうとしている方向はなんとなくわかるのだが、仮に日本語で言うならどんな言葉になるのか僕にはつかめなかったから、ヨシオに訊いてみた。最初のスクラップ・ブックがピーナッツの切り抜きで数ページ埋まった頃だった。

なんてこった、という言いかたがいちばん近い、とヨシオは教えてくれた。なんてこった、という言葉を僕は気に入った。チャーリー・ブラウンを象徴するものとして、あるいは彼そのものとして、なんてこった、というひと言を大事にしよう、と僕は思った。ピーナッツの漫画のなかで、チャーリー・ブラウンがこの言葉を口にするたびに、僕にとっての大事さは、より確かなものになっていった。

連載のなかには意味のわからない回が何度もあり、それも僕はまとめてヨシオに訊いていた。チャーリー・ブラウンが着ているジグザグ模様のポロ・シャツが欲しい、と思い始めたのはその頃だ。下北沢の洋品店で売っているわけはないから、欲しいなら自分で作るほかない、とヨシオは言った。

白い半袖のポロ・シャツは手に入るだろう、と僕は思った。ジグザグは赤がいい、とも思った。赤い別の生地からジグザグに切り取ったものを、白い半袖のポロ・シャツの胸にぐるっとひとまわり、ミシンで縫いつければそれでいい。

ごく平凡な白い半袖のポロ・シャツだ。ただし、襟の先端が丸くなったものではなく、シャツ襟のように角になったスタイルでないといけない。チャーリー・ブラウンが着ている白い半袖のポロ・シャツの襟先は、そのようなかたちになっているからだ。

下北沢駅の北口の階段を降りて、食品市場の前の商店街を歩いていたら、最初の十字路のすぐ手前の、間口の狭いスポーツ用品店の店先に、僕が思い描いていたとおりの白い半袖のポロ・シャツが、針金のハンガーにかけて吊るしてあるのを、僕の視線はとらえた。

店先に吊るされて風に揺れている様子は、きみが探しているものはここにあるよ、と僕に言っているようだった。立ちどまった僕は、その白い半袖のポロ・シャツの襟の先端を点検した。出来ばえのきれいなシャツ襟で、先端は角になっていた。

僕はそのポロ・シャツを買った。いまでも僕にとって謎なのは、なぜそのときそのポロ・シャツを、自分は一枚しか買わなかったのか、ということだ。最適のポロ・シャツは手に入れた。どのようなものをどう作るのかも、きまっていた。少なくとも僕の頭のなかには、出来ていた。

考えているとおりに自分で作るほかないのか、と思案していたある日、ふと自宅の窓から外を見ると、門の外で母親が直子と立ち話をしていた。直子は高校を卒業したあと洋裁の学校に通っている、と母親が言っていたのを僕は思い出した。直子は幼い頃から知っている顔見知りだ。

その直子にジグザグのポロ・シャツを作ってもらうことを思いついた僕は、ピーナッツの切り抜きを貼ったスクラップ・ブック一冊と白い半袖のポロ・シャツを持って、門まで出ていった。僕は直子にすべてを説明した。直子の理解は早かった。

「いいわよ、作ってあげる、簡単」

と、直子は言った。

「この漫画の子供が着ているこのシャツのとおりに作ればいいのね」

とも彼女は言った。彼女の言いかたには自信があった。漫画のなかのチャーリー・ブラウンを見ていた彼女の視線は、立ち姿とおなじく、美しいものだった。

「ジグザグはシャツの胸を横にひとまわりしてるのね。ジグザグの幅は六センチにしましょう」

そう言って彼女は僕の胸を見た。

「このあたりが、ジグザグの幅の中心」

直子は指先で僕の胸の一点を示した。

「体をひとまわりするあいだに、ジグザグは七回、上下してるわ」

白いポロ・シャツとピーナッツの切り抜きを貼ったスクラップ・ブックを、僕は直子に預けた。

その週のうちにポロ・シャツは出来た。直子はそれを僕の自宅まで持って来た。ポロ・シャツとスクラップ・ブックを僕に差し出し、

「着てみて」

と言った。

玄関の隣の部屋に入った僕はTシャツを脱ぎ、ポロ・シャツを着てみた。白地の胸にくっきりと、赤いジグザグがひとまわりしていた。ジグザグの幅と位置、そしてそれを縫いつけた手際は、完璧だった。着た様子を僕は直子に見せた。彼女は拍手をした。僕は礼を言った。

「着て歩いてね」

と直子は笑顔で言った。

「八月になったら着ます」

そして八月の三日に、僕はそのポロ・シャツを着て外出した。電車には乗らなかった。歩いて三軒茶屋までいくつもりだった。歩いていると人の視線を僕は何度も感じた。

太子堂の信号のある横断歩道で信号が変わるのを待っていたとき、道の向こうに何人かの大人たちといっしょにいた少女が、僕を指さして笑った。信号が変わって道を渡るとき、彼女とすれ違った。彼女は僕を見上げて笑った。

なんてこった、と僕は言わなかった。その大事な言葉には値しない出来事だ、と僕は判断したからだ。三軒茶屋を歩いているあいだに、三人の人たちに、そのポロ・シャツは、はっきりと笑われた。

三日着てから僕はそのシャツを洗濯した。僕はそのシャツを大事に思っていたから、そのシャツ一枚だけを、手洗いした。ポロ・シャツに縫いつけてあった鮮やかな赤いニットのジグザグは、盛大に色落ちした。洗っていた水がまっ赤になったほどだ。

白いポロ・シャツぜんたいが、濃淡のあるまだらなピンクに染まっていた。干して乾かすと、まだらはよりいっそう明確となった。そしてそれを、僕は着て歩いた。人に笑われたことは一度もなかった。赤い鮮明なジグザグは、まだらなピンクの広がりのなかに、完全に消えていたから。

そのポロ・シャツを着て歩いているとき、下北沢南口の商店街で、直子と偶然に会った。僕を見るなり彼女は立ちどまり、両手を頬に当て、

「ごめんなさい」

と、叫ぶように言った。

「色落ちしたのね」

「洗濯しました」

「ぜんたいがまだらなピンクになったのね」

「これはこれでいいと思います」

「次に洗濯したら、そのポロ・シャツを私にちょうだい」

と、直子は言った。

「このポロ・シャツを、あなたはどこで手に入れたの？」

「北口にある商店街のなかの、スポーツ用品の店です」

「まだあるかしら。今度は色落ちしないのを作ってあげる」

という出来事があったのが、いまから七年前のことだ。僕は十八歳だった。

ジグザグ模様のポロ・シャツを新たに作ることを、しかし直子は忘れてしまったようだった。僕も忘れた。洗濯したそのシャツは、自宅のクロゼットの引き出しのどれかに、たたまれていまもしまってあるはずだ。

二年前、今日とまったくおなじだったと言っていい梅雨の雨の日、午後三時すぎに、直子から僕の自宅に電話があった。そのとき自宅には僕だけがいた。だから僕がその電話に出た。

「ポップコーンを食べましょう」

と、直子は言った。

彼女の声と口調を受けとめて、僕はポップコーンが食べたくなった。

「おいしいのよ。私が作るから、食べに来て」

「いつですか」

「いますぐでいいのよ」

自宅を出て傘をさし、雨のなかをほんの数分だけ歩いて、僕は直子の自宅へいった。二年前のこのときすでに、彼女の両親は神戸に移り住み、自宅には直子がひとりで住んでいた。

ポップコーンを作るための金属製の鍋を、直子はキチンで見せてくれた。扱いやすい大きさの、充分に深さのある、光ったステインレス製の鍋だった。持ち手が片方に突き出ていて、底に近いところでなかのコーンをかきまわすためのハンドルがあった。蓋が半分だけ開くしかけもあった。熱と水蒸気を逃がすためだ、と直子は説明した。

トウモロコシの粒を鍋に入れた直子は、ガス台にかけて火をつけた。木製のハンドルをまわしていると、鍋のなかでトウモロコシの弾ける音が聴こえ始めた。トウモロコシは盛んに弾けた。やがてその音がおさまり、直子は火を消して鍋を降ろした。蓋を取ると鍋いっぱいにポップコーンが出来ていた。それを直子はボウルにあけた。

「食べてみて」

軽く弾けたポップコーンは見事な出来ばえだった。ボウルのなかのポップコーンに塩を振る直子の手つきの情緒に、ポップコーンに淡くいきわたっていたココナツ・オイルの香りが、きれいに重なった。

「このオイルが大事なのよ」

と彼女は言った。

僕のそばで椅子にすわった彼女は、白い指先にポップコーンをひとつだけつまんで、僕に見せた。

「トウモロコシのひと粒が、半分ずつ均等に、左右に向けて弾けてるでしょう。蝶が羽を広げたように見えるから、バタフライ・タイプと呼ばれてるの」

ボウル一杯のポップコーンを、ふたりでほとんど食べた。

「食べ終わったら二階へ来てね」

と言って、直子は椅子を立った。

やがてポップコーンをひとつ残らず食べた僕は、キチンから居間へ出て、その端にある

階段を二階へ上がった。階段を上がりきった僕に、

「こっちよ」

という直子の声が届いた。

寝室の隣の、クロゼットのある部屋からだった。半開きになったドアの前で僕は立ちどまった。

「入って来て」

と言った彼女に促されて、僕はその部屋に入った。水屋着を着た直子が立っていた。水屋着の下は裸だということが、僕には直感としてわかった。

「洋裁の学校を卒業したときに、生地をいただいたの。久留米絣《がすり》よ。その生地で私が作った水屋着。肌ざわりが良くて、着心地は素晴らしい」

そう言って直子は僕に歩み寄り、僕を両腕で抱いた。僕も彼女を抱き、水屋着の下にある彼女の体の奥行きを受けとめた。

「私はこれを脱いだら裸よ。あなたも裸になって」

隣の寝室で直子が脱いだその水屋着を、直子が着ていたのを僕が最初に見たのは、この梅雨の雨の日からひと月ほど前、まだ梅雨になる以前の、五月の晴れた日の午後遅くだった。

梅ヶ丘通りを鎌倉橋から宮前橋の交差点の方向に向けて歩いていた僕は、

「私よ！」

と叫ぶように言った若い女性の声を受けとめた。その声は道の反対側から届いた。だからその方向に視線を向けた僕は、上りのバス停にひとり立って僕に笑顔を向けていた直子を見た。

淡い色のTシャツの上に久留米絣の水屋着を着て、ホワイト・ジーンズに赤いサンダルで手ぶらだった。水屋着の大きなポケットに財布くらいは入れていたのではなかったか。

僕は道を渡った。

「渋谷へいくのよ」

直子は言った。

「いっしょにいかない？」

僕は自宅に帰って雑誌の原稿を書かなくてはいけなかった。バスが来るまでそこにいて、彼女と話をした。やがてバスは来た。

「今度また誘うわ」

と言って直子はバスに乗った。車体のなかほどへいき、窓ごしに手を振り、座席にすわった。バスは発車した。振り返った彼女に僕は手を振った。

今度また誘う、と直子が言ったその今度は、そのあとすぐに梅雨になってからの、ポップコーンへの誘いだった。

そしていま、裸の僕にまたがって裸の体を重ねた直子は、

「シャツはもう一度かならず作るわ」

と言った。

七年前に彼女に作ってもらった、赤いジグザグのポロ・シャツを、僕はふたたび思った。色落ちしたそのポロ・シャツを僕が着ているのを見て、それを私にちょうだい、と直子は言った。作りなおしたい、とも彼女は言った。洗濯したそのポロ・シャツを僕はしまいこみ、そのまま忘れた。直子とは近所で、あるいは駅で、偶然に会うことが何度かあったけれど、彼女がそのシャツを催促することはなかった。彼女も忘れたのだ。

そして七年後のいま、チャーリー・ブラウンのジグザグのポロ・シャツを、直子はふたたび作ってくれると言っている。

「着て歩くよ」

と僕は言い、次のようにつけ加えた。

「七年前に作ってもらったシャツが、いまでも自宅にあるはずだ」

僕にまたがっている直子は、僕の首もとに埋めていた顔を上げた。

「色落ちしたあのシャツね」

「洗濯して、たたんでしまいこみ、それっきり忘れた。探せばかならずある」

「探して」

と、直子は言った。

「私にちょうだい」

「そのシャツをもう一度、使うといいよ」

「ジグザグ模様のために使った赤いニット生地から色落ちして、シャツぜんたいが妙なピンク色になったでしょう」

「新品のまっ白よりも面白いよ。それをそのまま使えばいい。ジグザグの色をそれに合わせて」

「どんな色?」

「たとえば、梅干しの色」

直子は笑った。上げていた顔を、ふたたび僕の喉もとに埋めた。

「それもいいわね」

と、直子は囁いた。

「探せばかならずあるはずだから」

「探して。それに合わせて、ジグザグのためにちょうどいいニット生地を、かならず見つけます」

そして彼女は次のように言った。

「ポロ・シャツは白い新品も欲しいわね。あなたが買った下北沢のスポーツ用品店には、もう売ってないかしら」

「さあ」

「いまでも売ってるような気がするわ。きっと体育着なのよ。どこか近くの高校に、一括して納めてるような」

「そうかもしれない」

「私がいってみる。お店のかたに訊いてみます。以前のを持っていくといいわね。これとおなじものはありますか、と訊くのよ」

「あれを買ったのは七年前だよ」

「あるわよ」

なんてこった、と言いたい気持ちが、いきなり僕のなかで高まった。胸のなかで言うだけならいいだろう、と僕は思ったが、その思いを抑えた。そして笑顔になった。

「なにを笑ってるの？」

囁く声で直子が言った。

「出来上がったそのシャツを着て歩いている自分を想像してみた」

「似合うわよ」

15

待ち合わせの喫茶店の隣が煙草屋だった。青いタイル壁のかたわらに、大杉康夫さんがレイン・コートを着て立っていた。歩み寄った僕に、

「コーヒーは飲むまでもないだろう」

と彼は言った。

「雨は降らなかったな」

そう言って彼は交差点の方向を指さした。僕たちは交差点に向けて歩いた。夕方の退社時間だからだろう、歩道を歩いている人の数は多かった。交差点の向こうに高架の駅が見えていた。人々はその駅へ、いっせいに向かっているように見えた。

交差点の信号は赤だった。僕たちは人々のうしろに立ちどまった。

「短編は良かったよ。『ピーナッツ』のシャツの」

大杉さんが言った。

「今回はあれでいい。三十枚よりも少ないのを逆に利用して、イラストレーションを一点、見開きで大きく載せる。ポップコーンを作る鍋だよ。アメリカ製なんだ。見つけたよ。正確に描いて、いろんな重要な部分から線を引いて、簡潔に説明の文章をつけたい。書いてくれよ」

「書きます」

「編集部で。イラストが出来たら、連絡する」

「編集部へいきます」

「あの話はすべて実話かい」

という大杉さんの質問に、

「まったくのフィクションです」

と、僕は答えた。

「直子さんという、あの年上の女性は」

「架空の人です」

交差点の信号が変わった。待っていた大勢の人たちのうしろから、僕たちも交差点を渡っていった。僕のかたわらで大杉さんは語った。

「主題はあの女性ではなく、一人称の僕という人でもなく、かと言ってふたりの関係でもない。なんてこった、というひと言が心から言えるような状況が、やがてあるかもしれないという、その可能性の物語だ」

「そうなりますか」

「なるよ。充分に抽象的だ。今後のきみの可能性はそこにある。その抽象性と対になっているのが、直子という女性の具体性だ。そこはもう少し書いてもよかったかな」

僕たちは交差点を渡った。鉄道の高架に向けて歩き、やがて高架の下に入った。コンクリートの天井が何本もの鉄骨の柱で支えられ、頭上を電車が走った。

高架のまんなかあたりに映画館があった。入口のすぐ上に、建物の横幅ほぼいっぱいに、広告看板があった。上映中の三本の映画はポスターにまかせて、看板に描いてあるのはさまざまな肢体の半裸の女性たちだった。

「ふた月ほどで新作になるんだ」

と、大杉さんが言った。僕たちは立ちどまり、看板を見た。

「鑑賞に値するよ」

やがて僕たちは歩き始めた。

「あの直子さんのような女性たちが、もっとくっきりと主人公になったとき、僕という一人称の人は脇へまわって彼女の相手役になり、それと同時に人称は三人称に変わるんだ」

僕たちは高架の下を出た。出てすぐに左へ曲がり、高架の上を走る電車を頭上に感じながら、路地を抜けていった。焼き鳥を店の外で焼いている店の、炭火の焼き台ぜんたいから立ちのぼる煙が、路地いっぱいに広がっていた。その煙を僕たちはそれぞれにかき分けて歩いた。鰻屋、そしてもつ焼きの店が、ならんでいた。どの店からも煙が外へ出ていた。

「煙の三重奏だね。冬にオーヴァーを着てると、煙の匂いがしみこむ。次の日、電車のなかで、肩のあたりから匂ったりするんだ」

パチンコ店の玉を弾く音、出穴に玉の入ったときの音、レコードで繰り返し再生される軍歌の音などの重なりのなかを、僕たちは抜けていった。

「また書け。ほとんど連載だから、締切りは来月。おなじ分量」

「書きます」

「なんとかなるまでに三年くらいかかるか。つきあうよ」

角に傾いて立つ電柱を右に曲がり、いちだんと狭い路地に入った。

「こうして歩いてると、あるときいきなり、好ましい路地になるんだよ。ほら、このあたりから。縦と横に抜けていく道が何本かあり、まんなかをS字がうねってもいる。大事な道には途中になぜかクランクがある。たとえば、ここだよ」

クランクを抜けながら、大杉さんは前方を示して言った。

「麻里、という店はどこにでもあるよな。また麻里か、と思うほどに」

麻里、と小さく看板の出ている店が、路地のクランクを越えたところにあった。大杉さんはそのドアを手前に引いて開き、なかに入った。僕がそのうしろにしたがった。ほの暗い照明の店の奥から、

「いらっしゃいませ」

と、ふたりの女性の声が重なった。

「ひとりは年増、もうひとりはまだ若い。しかし、おなじ穴のむじな同士のユニゾンだよ」

店に入ったところで立ちどまり、僕を振り返って大杉さんがそう言った。

「あら、大杉さん」

美人がひとり、店の奥から歩いて来た。彼女を示した大杉さんは、

「恵子さん」

と、僕に言った。そして彼女に僕を、

「若い人」

と、紹介した。

「私にくださるの?」

「よければあげる」

「いただくわ」

「ほら、きみはもう、もらわれたよ」

と笑顔で僕に言った大杉さんは、彼女に向き直った。

「あとで野田くんも来るよ。湯上がりみたいな顔で、にこにこして」

「大杉さん、いつも格好いいわね。今日はレインコートが素敵」

「しかし雨にはならなかった」

「渋いオリーヴ色が似合うのね」

ほかに客はまだいなかった。カウンターはふたつに分かれていた。奥のカウンターの、L字に曲がった向こう側へ、大杉さんは歩いた。カウンターの背後の壁を示し、

「うしろに壁のあるところが好きなんだ」

と言った。

彼はレインコートを脱ぎ、うしろの壁のフックに掛けた。そしてストゥールにすわった。そのカウンターのなかへ若い女性が来て、大杉さんと笑顔で向き合った。

「おや、おや」

と大杉さんは言った。

「どこかで見てるはずの美人の顔だ、と思ったら」

彼女の脇へ恵子が来て、

「先週から。律子」

と、言った。

律子は、先日、大杉さんに連れていってもらったバーにいた女性だ。僕は大杉さんに向きなおり、次のように言った。

「ある出版社で小説雑誌の編集長をなさって来て、いまは現場を離れている遠山さんというかたのことを、僕は大杉さんに伝えました。覚えてますか」

「よく覚えてる」

「先日、ガロータでその遠山さんにお目にかかったとき、直接の担当になるという三十代後半の男性編集者を紹介していただいたのです。寺村さんというかたでした。その寺村さんが言ったのは、僕とは世代の違う自分が担当するよりも、おなじような年齢の女性の編集者がいいのではないかと考え、ひとり選んで見当をつけておいたところ、ごく最近になって彼女は編集の仕事を辞め、バー勤めを始めてしまった、とおっしゃったのです。さらに話をうかがってみると、その女性はこちらの律子さんなのだと判明したのです。律子さんがいらした前の店へ僕が大杉さんといったのは、僕が遠山さんや寺村さんとお会いする何日か前だったのです」

「寺村さんはお元気でした?」

律子が言った。

「お元気です。バー勤めを始めた店へぜひいこう、とおっしゃっていました」

「移ったことは連絡してあるから、いっしょに来ていただけるなら、ここになるはずよ。彼女は早くも店を移ったんですよ、などと言いながら」

「これからはみんなでこの店に集まることにしよう」

と大杉さんが言い、律子のかたわらに恵子が立った。

「集まって」

と、恵子は僕に言った。

恵子の肌は白かった。美貌、と誰にも言われているはずだ。まっすぐにとおったほどよく高い鼻は、ほんの少しだけ長かった。いまの僕のように、彼女の顔を真正面から見ていると、そのことはよくわかった。かたちの良い鼻のほんの少しだけ長い様子は、顔ぜんたいと比例していた。顔もほんの少しだけ長かった。面長の美人、という言いかたも、しばしばされるだろう。

鼻のつけ根から左右の目へと広がりながらつながる造形、そして目ぜんたいの出来ばえの良さは、唇や顎の造形と緊密に連関していた。ごく軽く意味をこめて微笑すると、その意味が鼻から両目にかけての造形と、唇とその両側にある頬の表情、そしてその下の顎に、いずれも等しい魅力をたたえて、浮かんだ。

ぜんたいをまとめているのは髪だ、と僕は判断した。肩に触れそうで触れない長さの髪を、頭頂から左へ寄った位置で彼女は分けていた。そしてそこからかなり無造作にうしろに向けてときつけただけに見える髪は、彼女の顔を両側から優しく包むかのように縁取る影となり、その影のなかに人の視線は吸いこまれた。

彼女の髪を切っている美容師は、才能と技術とを高い次元で持ち合わせた人だろう、とも僕は感じた。このようにまとまるのは切りかたのうまさだが、髪がまっすぐではなく、ごくかすかにではあるが、うねりを持っていることも、まとまりの良さに深く関係しているはずだった。恵子は僕より年上だが、年齢の差はせいぜい三歳ではないか。

「なにを差し上げましょう」

恵子は大杉さんに言った。

「愛だけでいい」

と、大杉さんは答えた。

「あまるほどあるのよ」

「だったら僕にも少し分けてくれないか」

「少しでいいのね」

「いいよ」

「少しの愛って、いちばん薄情なのよ」

「うってつけだ」

「耐えてくださる?」

「なにに」

「薄情な愛の仕打ちに」

「耐えるためにこそ、いま僕はここにいる」

「ここだけではなくて」

「どこでも、いつでも」

「お手を出して」

と恵子に言われた大杉さんは、右の掌を上に向けた右腕を、カウンターに横たえた。その掌に自分の右手の掌を軽く重ねた恵子は、

「はい」

と涼しく言って、すぐに掌を離した。

「それが愛なのかい」

「この程度のものよ」

と言った恵子は僕に顔を向けた。

「大杉さんとは、いつもこうして、即興のやりとりの訓練なのよ」

「小説のなかに書く会話の、参考になるだろう」

と大杉さんは僕に言った。恵子はふたたび僕に視線を向けた。美貌のいちばん端に、かすかに浮かんですぐに消えた表情に言葉をあたえるなら、それは憐憫《れんびん》の表情、という言葉だと僕は感じた。

「いつもとおなじものでいい？」

恵子の言葉に大杉さんはうなずき、

「彼にも」

と、僕を示した。

律子が背後の棚へ歩き、スコッチの瓶を探し当て、手に取った。僕たちふたりに恵子は語った。

「この商売に入ったとき、最初のお店が恵子という屋号で、私の本名とおなじだったの。本名は恵子だけど、当時の源氏名は麻里で、恵子という店にいるから、恵子の麻里ね。そしていまは店の名前が麻里で、私はこのとおりいつもの恵子だから、麻里の恵子なのよ。

こういうのも運命かな、といまは思うの」

律子が僕たちの手もとに紙のコースターを一枚ずつ敷き、その上におなじグラスを置いた。グラスのなかのスコッチの色を僕は見た。ふたつのグラスを美しく順に指さし、

「こういうものを含めて、いっさいがっさい、運命なのね」

と恵子は言った。

「深みのある話かな」

という大杉さんの言葉に、

「なんの深み?」

と恵子は訊いた。

「人生の」

「人生と言っても、私は二十八で、律子は三つ年下よ」

「そろそろ始まる」

「なにが?」

「人生が」

そう答えた大杉さんは自分のグラスを手にして、

「乾杯といこう」

と言い、グラスを顔の前にかかげた。僕もグラスを手に持った。

「乾杯」

と、意図的にきわめてけだるく恵子は言い、嘆息をついた。

「美しい嘆息とともに乾杯だ」

大杉さんはグラスの縁に唇をつけ、なかのスコッチを少しだけ飲んだ。

「律子が先々週までいたお店の経営者を私はよく知っていて、律子という女性はきみのところに向いているから引き受けてくれないかと頼まれ、会ってみて即決して、先週からここに出てもらってるの」

「だからこれからは、みんなここに集まる」

と大杉さんは言った。

そして僕に向きなおり、次のように言った。

「すべては運命かもしれない、という考えかたは小説だよ。すべては運命だとは、人生はこうでしかない、ということだから、こうでしかないところの、こう、とは、なってみないとわからない、すなわち、今後の展開次第、ということだ。そしてそれこそが、ストーリーの展開じゃないか。こうでしかない人生は、もっと他の展開もあったかもしれない、と思い煩うことから生まれる不自由さから、解放されてる人生さ」

「そうさ」

と恵子は言い、律子は静かに微笑した。

「すべては必然である、ということですか」

と僕は訊いてみた。

「すべては自由である、ということさ。こうなることになっていたのだから、それ以外にはないわけで、そこに自由がある」

「こうでしかない、というありかたのなかに、閉じこめられてはいませんか」

「こうでしかない、という方向への展開は続くんだよ。だから閉じこめられてはいない」

「遠山さんが若い編集者に引き合わせてくれた小説雑誌には、旅まわりのダンサーの話を書きます」

「北原玲美くんがモデル、というようなことは、ないよな」

「彼女は現実のなかにいる人です。僕はフィクションを書きます」

「真面目に書け」

そう言った大杉さんは、小さなグラスを右手から左手へ、そしてふたたび右手へと、移動させた。

「主人公はひとりの青年になると思うけれど、彼と彼女とのあいだには、体の関係はあるのか」

「ありません」

「それはいい、正解だ」

さきほど入って来た男のふたり連れの客に応対していた恵子は、律子をそこに残して僕たちの前へ戻って来た。

「ひとりの男がこの世でなにかをしようと思ったら、三人の男が必要なんだそうだ」

大杉さんの言葉に恵子は、右手の甲を大杉さんに向けて立て、親指、人さし指、そして中指の三本を、まっすぐに立てて広げた。自分から見て左側にある中指の先に、恵子は左手の人さし指を軽くかけた。

「まずひとりは、あらゆる物事の原理原則を教えてくれる男」

恵子は左手の人さし指で、右手の中指を内側に折った。

「彼にとってのこの男の役を、僕が務める」

僕を片手で示して、大杉さんはそう言った。

「いまひとりは、なにごとに関しても直言してくれる男だという」

恵子は人さし指を内側に倒した。

「これも僕が引き受ける。そして三人目の男は、師と仰ぐ男だ。これは僕にはできないから、いまの彼にとっては、三人目のこの男がいないんだよ。僕は彼の師ではない」

残った親指を恵子は曲げたりのばしたりしてみせた。そして、

「師は男でなくてはいけないの？」

と言った。

16

さきほどまで僕は椅子にすわっていた。一階のドアを入ってすぐ左のスペースに置いてある、両袖スティールの仕事机の椅子だ。その椅子にすわって右を向くと、低い位置にある窓の雨に濡れたガラス越しに、外の庭を見渡すことができた。

いまの僕はその窓の前に立っていた。外は雨だ。梅雨の雨だろう。平日の午後は間もなく三時だ。雨は一定の量で静かに降っていた。庭にあるすべての物が濡れている様子を視線でたどりながら、雨は降るままにしておくほかない、などと僕は思った。あと二時間もすれば夕方だ。雨は降り続けるだろう。

ガロータへいき、一時間ほどそこにいて帰って来るのは、梅雨の日の出来事として悪くない、と僕はさきほどから思っていた。僕は左手首の腕時計を見た。窓の前に立ってからすでに三十分が経過していた。

西浦賢太郎さんのラジオ番組はすでに放送が開始されていた。第一回目から僕は聴いた。スピーカーから聴こえて来る西浦さんの語りに触発されて買ったジャズのLPが、本棚に他のLPとは別にして置いてあった。十枚を越えていた。第一回の放送のあと、ディレクターの中沢幸吉から僕のところに電話があった。彼との電話でのやりとりを、僕は思い出してみた。

「うまくいってるよ。たいへん結構だ。喋りも内容も。聴いてくれた人たちの評価も高い。初回のデモ・テープでスポンサーの営業をしてみたら、四社が手を挙げてくれた。四社同時にということも考えたけれど、ひとまず順番に三か月ずつということにして、一年はこれで心配ない。何年でも続けたい、と言ってくれてるのが、四社のうち三社もある。それもこれも、西浦さんの人格と体験と蓄積だな。番組が始まる前の、番組名のアナウンスは、ヨシオにやってもらった。これもいいんだよ、クールで。番組名をひと言だけ録音して二万円、そのあとの使用料は、週ごとに二千円でいいそうだ。俺は値切ってないよ、奴が自分でそう言ったんだ」

いつもの中沢の喋りかたを頭のなかで再現させると、ガロータへいきたいという思いは、さらに高まった。

「私はダンサーです、と言ってる素晴らしい女性が見学に来たよ。そう、北原玲美」

と中沢は言った。

「スタジオではさっそく西浦さんのアシスタントだよ。ラジオの仕事にえらく興味を持って、ここで働きたい、とまで言っていた。彼女はいい女性だな。ついでに喋りを録音してみたら、思いのほか優しい喋りかたなんだ。マイクの前で喋らせれば、うまくいくかもしれない。競馬の実況中継で現場をやるか、と冗談半分で言ったら、やりますと答えた。都内のどこだったかなあ、グランド・キャバレーのステージでバンドの演奏をバックにひとりで踊る仕事がきまりそうだ、とも言ってた。きまったら見にいこうよ。旅まわりはもうおしまいにしたらどうか、と言っておいた。お前、彼女といっしょに喋らないか。彼女の使いかたをあれこれ考えていて、閃いたアイディアのひとつだよ」

美和子が作っている畑は、彼女が手がける以前の二倍には広がっていた。その畑のすべてが雨を受けとめている景色を、僕は窓越しに受けとめた。北原玲美は漬物が好きだ、と僕が美和子に言ったら、私に漬けさせてと美和子は言い、ほどなく見事な漬物が出来上がった。玲美に伝えたら、ぜひ食べたいと熱意を示し、三村恭子を加えた四人で、漬物の夕食となった。

このことを中沢に語ったら、

「なぜ俺を呼ばないんだ」

と彼は言った。

「見事な出来ばえのいろんな漬物に、鰺の干物に味噌汁、さらにいくつか気の利いたおかず。良かったよ」

「今度は俺もいくから、かならず呼んでくれ」

大杉さんや野田さんも加わっている様子を僕は想像した。

「ぜひ集まろう」

「俺は酔っぱらうから、泊めてくれ」

「いつでも」

美和子の畑に降る梅雨の雨を僕は見た。美和子は自宅にいるのだろうか、と僕は思った。彼女には一週間近く会っていなかった。彼女といっしょに住んでいる三村恭子とは、十日ほど前、門の外で偶然に会った。僕とおなじ時間に彼女も帰宅したからだ。

ガロータへいくことに、僕はきめた。五時には出よう、と思った。来週までに五種類の雑誌の原稿を書かなくてはいけなかった。それが終わったなら、大杉さんに渡す第二回目の短編について考える時期だった。

西浦さんから言われたことを僕は思い出した。

「僕の奥さんがやってる洋裁の店で服を作ってくれよ」

と、西浦さんは言った。

「シャツとジャケットの中間のような。少しだけゆったりしたサイズで、無造作にはおれる上着。きみに似合うと思う。僕の奥さんは、そういうのが得意なんだ。勘がいいんだろうな。話は早いから、つきあって楽だよ」

ガロータへいく前に、奥さんの店に寄ってもいい、と僕は思った。奥さんの店はガロータのすぐ近くだという。電話番号と略地図を描いた紙を西浦さんからもらってあった。

「印象としては正体不明の人になる服さ。いまから目ざしておけば、三十を過ぎた頃にはすっかり身についている。どうだい」

「ぜひ作ります」

と僕は答えた。

電話の呼出し音が鳴り始めた。ベルの音は低くしてあるのだが、雨の日の午後にひとりでいるときにいきなり鳴り始めると、その音は充分に大きかった。電話機は革張りのソファと向き合った低いコーヒー・テーブルの上にあった。窓からそこまで歩いた僕は、ソファにすわって受話器を取った。

「こんにちは。三津子です」

という声を聞いた瞬間、彼女と会わないままに過ぎた二年以上の時間は、少なくとも僕にとっては、一瞬のうちに溶解して消えた。つい二、三日前に会ったばかりの三津子、という錯覚のなかに、彼女の声は届いた。

「お母様からお葉書をいただいたの。京都にお戻りになったのですって」

「父親が京都で仕事をすることになったので」

三津子について野田さんに語ったことを、僕は思い出した。語るだけではなく、ぜひ野田さんに彼女を紹介しよう、と僕は思った。

「どうしてるかと思って」

と、三津子は電話の向こうで言った。

「おひとり?」

「ひとりだよ」

「知らない声の女のかたが電話に出るのかな、と思ったりもしたのよ」

「電話番号を間違えて、両親の住んでいたほうの家にかければ、夜ならきみの知らない若い女性ふたりのどちらかが、電話に出るよ」

「奥さんがふたりも?」

と笑いながら言ったつまらない冗談に、僕はつまらない冗談で答えた。

「三人目で良ければ、来ないか」

「久しぶりなのに、ずいぶんねえ」

「会おうよ」

「この雨が上がれば、もう夏でしょう」

「今年の夏だ」

「来年になれば、去年の夏よ」

「会おう」

「どこで?」

この小説の題名がどこから来たのかについて書いておきたい。二〇一四年の夏、岸本佐知子さんは『夏のルール』という絵本を訳出した（原題 *Rules of Summer* 著者 Shaun Tan、河出書房新社）。この絵本のなかに「去年の夏、ぼくが学んだこと」という日本語の文章があり、これを小説の題名に使うことに関して岸本さんから快諾を得て、この小説の題名となった。二〇一四年の夏の良き出来事だ。

片岡義男（かたおか・よしお）
作家。著書に『スローなブギにしてくれ』『ロンサム・カウボーイ』『日本語の外へ』『映画を書く―日本映画の原風景』『吉永小百合の映画』『1960年、青年と拳銃』『ナポリへの道』『なにを買ったの？ 文房具』『洋食屋から歩いて５分』『翻訳問答』『歌謡曲が聴こえる』ほか、近年の小説には『恋愛は小説か』『短編を七つ、書いた順』『ミッキーは谷中で六時三十分』『真夜中のセロリの茎』などがある。

装画・装丁　永利彩乃

去年《きょねん》の夏《なつ》、ぼくが学《まな》んだこと
第１刷発行　2015年６月25日
著　者　片岡義男
発行者　川畑慈範
発行所　東京書籍株式会社
東京都北区堀船 2-17-1　〒114-8524
電話 03-5390-7531（営業）03-5390-7507（編集）
印刷・製本　図書印刷株式会社
ISBN978-4-487-80940-0　C0093

Copyright ©2015 by Yoshio Kataoka , All rights reserved .
Printed in Japan

http://www.tokyo-shoseki.co.jp

乱丁・落丁の際はお取り替えさせていただきます

東京書籍版　片岡義男の本

（価格は本体価格です）

洋食屋から歩いて五分　一三〇〇円
なにを買ったの？　文房具　一六〇〇円
ナポリへの道　一三〇〇円
ピーナツ・バターで始める朝　一三〇〇円